MORRISTON
Tel. (0792)

CYM

ffenestri

D0321185
800031597

ffenestri

Storïau a Cherddi i Ddysgwyr
Stories and Poems for Learners

LOIS ARNOLD

Gomer

Cyhoeddwyd yn 2015 gan
Wasg Gomer, Llandysul, Ceredigion SA44 4JL
www.gomer.co.uk

ISBN 978 1 78562 062 1
ISBN 978 1 78562 063 8 (ePUB)
ISBN 978 1 78562 064 5 (Kindle)

Hawlfraint ® Lois Arnold 2015 ©

Mae Lois Arnold wedi datgan ei hawl dan
Ddeddf Hawlfreintiau, Dyluniadau a Phatentau 1988
i gael ei chydnabod fel awdur y llyfr hwn.

Cedwir pob hawl. Ni chaniateir atgynhyrchu unrhyw
ran o'r cyhoeddiad hwn, na'i gadw mewn cyfundrefn
adferadwy, na'i drosglwyddo mewn unrhyw ddull na
thrwy unrhyw gyfrwng electronig, electrostatig, tâp
magnetig, mecanyddol, ffotogopïo, recordio, nac fel
arall, heb ganiatâd ymlaen llaw gan y cyhoeddwyr.

Cyhoeddir gyda chymorth ariannol
Cyngor Llyfrau Cymru.

Argraffwyd a rhwymwyd yng Nghymru gan
Wasg Gomer, Llandysul, Ceredigion.

Comisiynwyd y storïau isod i'w gosod ar y wefan ar gyfer dysgwyr a thiwtoriaid Cymraeg i Oedolion, Y Bont. Fe'u hatgynhyrchir yma trwy ganiatâd caredig CBAC: 'Syrpréis', 'Storïau o'r Tip', 'Ffrindiau yn Alabama', 'Beth sy yn Llyn Tegid?', 'Baled y Dysgwr Dryslyd', 'Y Dyn ar y Mynydd', 'Mynd i'r Eisteddfod', 'Hwyl gyda Geiriau', 'Y Siop Lyfrau' a 'Gwlad y Gân'.

Diolchiadau

Diolch o galon i fy mhartner Anne am ei holl syniadau gwych ac am ei help a'i chefnogaeth hael. Diolch yn fawr hefyd i fy ffrind Anne Petts, a ysbrydolodd 'Stori Jimmy' a 'Ffrindiau yn Alabama'. Dw i'n ddiolchgar unwaith eto i Mair Rees, Gwasg Gomer am ei chymorth, ei chyngor a'i gwaith caled ar y gyfrol hon.

Cynnwys

Lefel Mynediad

Wps!

Mae Owen yn mynd i stiwdios Teledu Cymru.

'Owen Jones dw i. Dw i yma i edrych ar y cyfrifiaduron,' mae e'n dweud.

'Iawn, Mr Jones. Eisteddwch am funud.' Mae'r dyn yn pwyntio at soffa.

Ar ôl munud neu ddau mae drws yn agor.

'Mr Jones?' mae merch yn gofyn.

'Ie.'

'Dewch gyda fi, os gwelwch yn dda.'

Maen nhw'n mynd i swyddfa. Mae tri o bobl yno, yn gwisgo dillad smart, ffasiynol iawn.

'Croeso, croeso, Mr Jones! Diolch am ddod,' mae dyn yn dweud. 'Geraint Harris dw i, a dyma Kate Morgan a Meredith Powell.'

'Helô. Braf cwrdd â chi.'

'Braf iawn cwrdd â chi!' mae Kate yn dweud. 'Coffi? Te?'

'Ww, coffi, os gwelwch yn dda.' Pobl neis ydyn nhw, mae Owen yn meddwl.

'Bisgedi?'

'Wel, os oes un sbâr …'

'Oes, wrth gwrs.'

Bisgedi posh iawn! mae Owen yn meddwl. Ac mae'r coffi'n real. Mae'n braf gweithio yma.

'Nawr, 'te, sut dych chi, heddiw?' mae Geraint yn gofyn.

'Da iawn, diolch.'

eisteddwch	*sit down*	dillad	*clothes*
drws	*door*	meddwl	*to think*
dewch	*come*		

'Dim yn nerfus, gwych! Reit, beth am sgwrs fach cyn dechrau gwaith?'

'O, iawn,' mae Owen yn ateb mewn syrpréis.

'Ble dych chi'n byw?' mae Geraint yn gofyn.

'Dw i'n byw yn y wlad, ar bwys Henllan. Ond dw i'n dod o Ruthun yn wreiddiol.'

'Rhuthun, hyfryd! Mae ffrindiau gyda fi yn Rhuthun,' mae Kate yn dweud. 'Dych chi'n gweithio yn Henllan?'

'Ydw. Dw i'n gweithio yng Nghaerdydd, hefyd. Abertawe, Caerfyrddin, Castell-nedd …'

'Beth dych chi'n wneud?'

Cwestiwn od! mae Owen yn meddwl. 'Dw i'n gweithio gyda chyfrifiaduron.'

'Clyfar iawn!' mae Meredith yn dweud. 'Dw i ddim yn deall cyfrifiaduron!'

'Wel, dw i'n gobeithio helpu. Ble mae …?'

Ond mae Geraint yn gofyn cwestiwn arall. 'Beth dych chi'n hoffi wneud yn eich amser sbâr?'

'Ym, wel … dw i'n hoffi darllen, chwarae golff, gwylio'r rygbi …'

'A chanu, wrth gwrs!' mae Kate yn dweud.

Canu? mae Owen yn meddwl. 'Wel, dw i'n canu yn y bath.'

'Ha ha!' mae Meredith yn dweud. 'Dych chi'n mwynhau jôc, hefyd. Da iawn. Mae pobl yn hoffi tipyn bach o hiwmor!'

Pobl neis iawn ydyn nhw, ond boncyrs! mae Owen yn meddwl. Pryd dw i'n mynd i weld y cyfrifiaduron? 'Reit, wel, diolch am y coffi …' mae e'n dechrau.

'Dim problem! Nawr, beth am eich teulu a'ch ffrindiau? Ydyn nhw'n ffans mawr?'

| sgwrs | *a chat, conversation* | clyfar | *clever* |
| dechrau | *to start, begin* | mwynhau | *to enjoy* |

Ffans o beth? mae Owen yn meddwl. Teledu Cymru, siŵr o fod. 'O, ydyn. Ffans mawr. Nawr, am eich cyfrifiadur …'

'A'ch gwraig?' mae Kate yn gofyn. 'Beth mae hi'n feddwl?'

'Dw i ddim yn briod.'

'Ond mae cariad gyda chi, siŵr o fod?' Mae Geraint yn wincio.

Bois bach! Cwestiwn personol. 'Nac oes, dim ar hyn o bryd,' mae Owen yn ateb.

'Wel, ar ôl y ffilmio bydd y merched yn ciwio i gael dêt gyda chi, siŵr iawn!'

'Y ffilmio?' mae Owen yn gofyn, mewn sioc.

'Ie,' mae Geraint yn ateb. 'Pryd 'dyn ni'n ffilmio, Kate?'

'Mewn hanner awr.'

'Ond …' Mae Owen yn poeni nawr.

Mae cnoc ar y drws.

'Dewch i mewn!' mae Meredith yn dweud.

Mae'r drws yn agor. Mae dyn yn dod i mewn. 'Helô, Owain Jones dw i. Dw i'n hwyr, sorri. Problem gyda'r trên.'

'Owain Jones?' mae Kate yn gofyn. 'Chi yw Owain Jones?'

'Ie. Dw i yma am y ffilmio – *Talent Gorau Cymru*. Dw i ddim yn rhy hwyr, gobeithio!'

'Pwy dych chi, 'te?' mae Geraint yn gofyn i Owen.

Wps! mae Owen yn meddwl. 'Owen Jones dw i hefyd. Dw i yma i sortio problem gyda'ch cyfrifiaduron.'

'Wel, pam ddwedoch chi ddim?'

---

siŵr o fod	*probably*	hwyr	*late*
Bois bach!	*Blinking heck!*	rhy	*too*
poeni	*to worry*	pam ddwedoch	*why didn't*
ar hyn o bryd	*at the moment*	chi ddim?	*you say?*

Ffeindio Cariad

Mae'n amser cinio yn y gwaith. Dw i a fy ffrind Chris yn eistedd yn y cantîn. 'Dyn ni'n siarad am gariad.

'Dw i eisiau partner newydd,' dw i'n dweud. 'Dw i ddim yn hapus ar fy mhen fy hun. Mae'n ddiflas. Ond dw i ddim yn lwcus iawn yn ceisio ffeindio cariad.'

'Mae lot o bobl yn ffeindio cariad ar-lein,' mae Chris yn ateb. 'Tria hynny, Mel.'

'Dw i ddim yn siŵr. Nac ydyn nhw'n bobl od?'

'Nac ydyn, siŵr! Pobl normal ydyn nhw, fel ti a fi … wel, fel fi. Dw i ddim yn siŵr amdanat ti, Mel!' mae Chris yn jocan (gobeithio!).

'Diolch yn fawr!'

'Reit. Rhaid i ti ysgrifennu dy broffil personol.'

'Proffil personol?' dw i'n gofyn.

'Rwyt ti'n rhoi proffil ar-lein. Pwy wyt ti, beth wyt ti'n hoffi wneud, dy bersonoliaeth, pethau fel 'na.'

'O, reit. Iawn. Mae'n werth trio!'

⊞

Ar ôl y gwaith dw i'n mynd adre i fy fflat. Dyw hi ddim yn werth coginio i un person, felly dw i'n cael caws ar dost i de. Wedyn dw i'n eistedd i lawr gyda beiro a phapur i ysgrifennu fy mhroffil.

---

ceisio	to try	personoliaeth	personality
nac ydyn nhw?	aren't they?	eistedd	to sit
ar-lein	on-line	i lawr	down
proffil	profile		

Mel Davies yw fy enw i. Dw i'n byw yn Hengaer. Dw i'n gweithio mewn coleg, fel tiwtor mathemateg. Yn fy amser sbâr dw i'n hoffi cerdded yn y mynyddoedd, nofio, darllen a gwrando ar gerddoriaeth. Dw i ddim yn bwyta cig. Dw i'n eitha tal ac mae llygaid a gwallt brown gyda fi.

Beth nesa? dw i'n meddwl … aha!

Mae llawer o gariad gyda fi i roi i'r person cywir. Chi yw'r person yna?

Da iawn!

⊞

Y bore wedyn yn y swyddfa mae Chris yn darllen fy mhroffil.

'O diar, Mel. Sorri, ond mae'n ofnadwy!'

'Pam? Beth sy'n bod arno fe?'

'Mae'n stiff. Does dim hiwmor. "*Dw i'n gweithio mewn coleg, fel tiwtor mathemateg*" – diflas!'

'Ond mae'n wir …'

'A'r stwff hyn: "*Mae llawer o gariad gyda fi i roi i'r person cywir.*" Mae e fel yr RSPCA yn trio ffeindio cartre i gi!'

'Wel, dw i ddim yn gwybod beth i ysgrifennu, 'te!' dw i'n protestio.

'Beth am ddechrau: "*Shwmae, Mel sy yma. Braf cwrdd â chi! Person proffesiynol dw i. Person talentog …*"'

'Dw i ddim yn dalentog!'

'Does dim ots,' mae Chris yn dweud. 'Reit, dw i'n gwybod, beth am edrych ar-lein ar broffiliau pobl eraill? Gweld beth maen nhw'n ddweud. Falle bydd un yna rwyt ti'n hoffi, hefyd!'

---

cywir	*right, correct*	beth am …?	*what about?*
gwir	*true*	does dim ots	*it doesn't matter*

15

'Syniad da,' dw i'n cytuno.

'Amser cinio yn y cantîn, iawn?'

⊞

Ar ôl bwyta cinio – omlet, tatws newydd a salad – 'dyn ni'n edrych ar iPad Chris.

'*Cwrdd â Chariad*,' mae Chris yn teipio ar Gwgl. 'A, dyma un. Reit … Ww, mae hyn yn dda: "*Fi Tarzan, ti Jane. Dere i chwarae yn y jyngl gyda fi!*"'

'Ofnadwy!' dw i'n dweud.

'Beth am yr un yma: "*Dw i'n hoffi chwaraeon, clybio, bwyta mas a chael hwyl.*" Grêt!'

'Na, dim i fi. Ond dw i'n hoffi hyn: "*Person sensitif, artistig a rhamantus dw i. Dw i'n mwynhau darllen, canu a mynd i eisteddfodau.*"'

'Eisteddfodau? Dim diolch!'

'Ond dw i'n mynd i eisteddfodau,' dw i'n protestio.

'Mm, wel … Beth am hyn?' mae Chris yn gofyn. '"*Yn fy amser sbâr dw i'n hoffi pysgota, gwrando ar y radio a chwarae gemau cyfrifiadur …*" O diar, dim person partis yw e, felly!'

Yna dw i'n gweld Osian Thomas yn dod i mewn i'r cantîn. Tiwtor yn yr Adran Ffilm a Theledu yw e. Neis iawn.

'O na! Cau'r sgrin!' dw i'n hisian wrth Chris.

'Pam?' mae Chris yn gofyn.

'Dw i ddim eisiau i bobl weld …'

Rhy hwyr.

---

syniad	idea	cau	to close
hyn	this	eisiau	to want
dere!	come!	eisiau i bobl weld	want people to see
rhamantus	romantic	rhy	too
adran	department	hwyr	late

16

'Shwmae?' mae Osian yn gofyn. 'Beth dych chi'n wneud?'

''Dyn ni'n trio ffeindio cariad i Mel,' mae Chris yn ateb.

Embaras mawr! 'Dim ond tipyn bach o hwyl yw e,' dw i'n dweud.

'Mae'n syniad da.' Mae Osian yn gwenu arna i. 'Cwrddodd fy chwaer â'i phartner hi ar-lein, ac maen nhw'n hapus iawn.'

'Dyna ti, Mel. Mae'n gweithio!' mae Chris yn dweud.

'Wel, pob lwc!' Mae Osian yn troi a mynd at y cownter bwyd.

Dyn hyfryd yw e, dw i'n meddwl. Hyfryd iawn. Dyw pobl fel Osian ddim yn chwilio am gariad ar-lein, mae'n siŵr. Mae ciw o bobl yn aros amdanyn nhw! O wel.

⊞

Dw i'n rhoi fy mhroffil personol ar-lein. Dw i'n nerfus! Bob dydd dw i'n edrych ar broffiliau pobl eraill, hefyd. Dw i'n e-bostio tri neu bedwar. Yna dw i'n cael dêt!

'Dyn ni'n cwrdd nos Sadwrn yn y dafarn. Ffermwr yw Dai. Dyn neis iawn, chwarae teg. Ond wedi yfed dau beint o gwrw a bwyta stêc a sglodion mae e'n mynd i gysgu – yng nghanol y dafarn!

Ar ôl munud neu ddau mae e'n dihuno. 'Y? Beth? O, sorri!' mae e'n dweud. 'Dw i wedi blino, sorri, Mel.'

'Ie, wel, sorri os dw i'n *boring*!'

'Na, dwyt ti ddim yn *boring*, wir! Dw i'n codi am

---

tipyn bach	*a little bit*	chwilio am	*to look or search for*
hwyl	*fun*	eraill	*other (plural)*
gwenu	*to smile*	e-bostio	*to email*
dyna ti	*there you are*	teg; chwarae teg	*fair; fair play*
troi	*to turn*	dihuno	*to wake up*

bedwar o'r gloch bob bore, dyna'r broblem. Fel arfer dw i'n mynd i'r gwely am naw o'r gloch.'

'O wel, dw i wedi blino hefyd,' dw i'n dweud. Dw i'n codi. 'Does dim ots. Braf cwrdd â ti, Dai. Hwyl!'

⊞

Yr wythnos wedyn dw i'n cael dêt arall, gyda Bryn. Mae Bryn a fi'n siarad am bopeth: gwaith, teulu, gwyliau, llyfrau, cerddoriaeth. Ond does dim sbarc. Ffrind neis, falle, ond dim cariad. Am ddeg o'r gloch 'dyn ni'n dweud 'Nos da', gyda sws fach boléit ar bob boch. Dw i'n mynd adre, gwneud paned o de ac edrych ar y teledu.

Ffan *Dr Who* yw Geraint, yr un nesa. Ffan mawr. Iawn, dw i'n mwynhau edrych ar *Dr Who*, hefyd. Ond dw i ddim eisiau siarad am Cybermen, Silurians, Ood a Daleks drwy'r nos!

'Sut aeth e gyda Geraint nos Sadwrn?' mae Chris yn gofyn fore Llun.

'Ofnadwy!' dw i'n ateb. '*Dr Who* yw ei fyd e. Mae e'n gwisgo tei bo fel Matt Smith – bob dydd. Enw ei dŷ e yw'r Tardis. Ac mae ci gyda fe o'r enw K9.'

'Tipyn bach yn ecsentrig, felly. Fel ti!'

'Ha ha!'

Phil yw'r un nesa. Dw i'n hoffi Phil. Mae e'n hwyl. 'Dyn ni'n cael amser da yn y dafarn.

'Wyt ti eisiau dod adre gyda fi am baned o goffi?' mae e'n gofyn, wedyn.

'O, iawn, grêt.'

---

sws	*a kiss*	byd	*world*
boch	*cheek*		

Yn nhŷ Phil dw i'n cael croeso mawr. Ond dim croeso neis iawn. Mae pedwar ci a saith cath gyda fe. A pharot mawr. Dyw'r parot ddim yn hoffi fi. Mae e'n sgrechian. Mae'r cŵn yn rhedeg o gwmpas yn wyllt. Mae cathod yn cysgu ar bob cadair a soffa. (Maen nhw'n gwneud pi-pi ar y carped, hefyd, dw i'n siŵr. Ych a fi!)

'Wel, diolch am y coffi, Phil!' dw i'n dweud. 'Amser i mi fynd nawr. Mae gwaith yn y bore. Hwyl!'

Dw i wedi blino ar y busnes ffeindio cariad 'ma! dw i'n meddwl, wedyn. Dw i'n rhy hen. Dw i'n mynd i stopio trio. Gweld fy ffrindiau. Dysgu chwarae'r iwcalili. Falle ymuno â chlwb nofio, neu grŵp darllen? Byw'n hapus ar fy mhen fy hun!

⊞

Dw i'n peintio fy fflat. Dw i'n prynu llyfr coginio newydd ac yn bwcio gwyliau cerdded.

Ond un dydd Sul does dim byd gyda fi i wneud. Dim ar y teledu. Dw i'n edrych ar y cyfrifiadur. Oes pobl newydd yn chwilio am gariad?

Oes. Dw i'n darllen y proffiliau newydd. Yna dw i'n cael syrpréis mawr:

Osian yw fy enw i. Person hapus dw i – ond dw i'n unig. Dw i'n hoffi cerdded yn y wlad, cerddoriaeth, llyfrau a ffilmiau. Dw i'n gweithio fel tiwtor ffilm a theledu …

Bobl bach! Dw i'n meddwl mai Osian Thomas yw e. Osian hyfryd, o'r Coleg!

sgrechian	*to scream, screech*	dim byd	*nothing*
gwyllt, yn wyllt	*wild, wildly*	unig	*lonely*
hen	*old*	Bobl bach!	*similar to 'Blimey' or 'Blinking heck!'*
ymuno â	*to join*		

Dw i'n cau'r cyfrifiadur ac yn bwyta fy swper, gyda gwin gwyn. Wedyn dw i'n edrych ar broffil Osian eto. Yfed yr hanner potel o win arall. Edrych ar y sgrin eto. Dechrau teipio e-bost.

Yn y bore mae pen tost gyda fi. Wedyn dw i'n cofio. O na! Anfonais i e-bost at Osian Thomas neithiwr – ar ôl yfed potel o win! Beth ysgrifennais i? Stwff twp, mae'n siŵr.

Dw i'n codi, ymolchi a gwisgo. Wedyn dw i'n edrych ar y cyfrifiadur.

Mae e-bost newydd i fi:

Annwyl Mel,
    Diolch yn fawr am dy e-bost. Dw i'n hapus iawn.
Wyt ti eisiau cwrdd ar ôl y gwaith, un noson?
Osian x

Duwcs! Dw i'n clicio ar 'ateb'.

Duwcs!   *similar to 'Goodness!'*

Syrpréis!

Mae Jane Hughes yn siarad â'i chath, Molly:

'Noswaith dda, Molly! Sut wyt ti?'

Mae Molly'n bwyta'i swper.

'Wyt ti'n hoffi pysgod, Molly?'

Mae Brian, gŵr Jane yn dod i'r gegin.

'Wyt ti'n siarad â rhywun?' mae e'n gofyn, yn Saesneg. Dyw teulu Jane ddim yn siarad Cymraeg.

'Dw i'n ymarfer Cymraeg.'

'Gyda'r gath?'

'Ie. Wel, does dim dosbarth dros y gwyliau.'

'Dw i ddim yn gweld pwynt dysgu Cymraeg. Mae pawb yn siarad Saesneg yn Llanfair.'

'Dw i'n gwybod, ond dw i'n hoffi dysgu.'

'O wel, mae'n hobi bach neis i ti,' mae Brian yn dweud.

Mae Emma, merch Jane yn dod i mewn.

'Ydy'r te'n barod, Mam?'

'Mewn hanner awr.'

Mae Jane yn dechrau coginio pasta. 'Hobi bach neis, hy!' mae hi'n meddwl.

⊞

Ddydd Sadwrn mae Jane yn mynd i'r dre. Yn y llyfrgell mae hi'n gweld poster:

---

cegin (y gegin)	*kitchen*	ymarfer	*to practise*
rhywun	*someone*		

Dych chi'n siarad Cymraeg?
Oes amser sbâr gyda chi?
Beth am ddarllen i hen berson?
Cartre Nyrsio'r Cedars
Ffoniwch: 07623 350112

Aha! mae Jane yn meddwl. Dw i'n hoffi darllen. A helpu pobl. Perffaith!

Yn y prynhawn mae hi'n ffonio'r Cedars. Ond ar ôl ffonio mae hi'n dechrau poeni. Dysgwr dw i, mae hi'n meddwl. Dw i ddim yn siarad Cymraeg yn dda iawn. Help!

Yr wythnos wedyn mae Jane yn mynd yn y car i'r Cedars. Mae hi'n nerfus. Marion Edwards yw enw'r rheolwraig. Mae hi a Jane yn mynd i'r lolfa.

'GWEN!!' mae Mrs Edwards yn gweiddi.

Mae Gwen yn fach iawn. Mae gwallt gwyn, cyrliog gyda hi. Aah, mae hi'n edrych yn neis, mae Jane yn meddwl.

'HERE'S A NICE LADY COME TO SEE YOU, GWEN DEAR! SHE SPEAKS WELSH!!'

'Bore da, Gwen,' mae Jane yn dweud. 'Sut dych chi?'

'Jiw, Jiw! Dych chi'n siarad Cymraeg?' mae Gwen yn ateb. 'Dyna syrpréis! Pwy dych chi?'

'Jane dw i. Dw i'n mynd i ddarllen i chi.'

'I TOLD YOU SHE WAS COMING, DEAR, REMEMBER?!'

'Dw i ddim yn dwp!'

O diar! mae Jane yn meddwl.

Mae *Murder She Wrote* ar y teledu.

'Dych chi'n hoffi *Murder She Wrote*, Gwen?'

---

gweiddi	*to shout*	Jiw, Jiw!	*Goodness me!*
gwallt	*hair*		

'Nac ydw. Hen nonsens yw hi!' mae Gwen yn ateb. 'Reit, mae fy llyfrau yn fy ystafell wely.'

Mae Gwen yn cerdded gyda ffrâm Zimmer. Yn araf iawn. Mae ei hystafell wely hi fel llyfrgell.

'Mae llawer o lyfrau gyda chi!' mae Jane yn dweud.

'Oes. Ond dw i ddim yn gallu darllen nhw. Dw i ddim yn gallu gweld dim!'

Mae Jane yn darllen stori i Gwen. Wedyn maen nhw'n siarad. Dyw Jane ddim yn deall popeth mae Gwen yn ei ddweud. Ond mae hi'n hapus. Dw i'n siarad Cymraeg â pherson real! mae hi'n meddwl.

Mae Jane yn mynd i weld Gwen bob wythnos. Mae Gwen yn dod o Ferthyr yn wreiddiol. Mae mab gyda hi o'r enw Rhodri. Mae e'n byw yn America. Does dim teulu gyda Gwen yn Llanfair.

Mae Jane yn siarad am ei theulu hi, hefyd.

''Dyn nhw ddim yn siarad Cymraeg, ond dw i eisiau dysgu. Dw i ddim yn siŵr pam.'

'Wel, wrth gwrs! Cymraes wyt ti!' mae Gwen yn dweud.

Un bore Sadwrn mae Jane yn darllen o'r papur newydd *Y Cymro*.

'''*Mae staff Gwesty'r Castell, Caerllwyd, ar streic. Mae'r rheolwr wedi banio siarad Cymraeg yn y gwaith ...*'''

'Banio Cymraeg?' mae Gwen yn dweud. 'Dyna ofnadwy!'

'''*Bydd protest ar bwys y gwesty ddydd Sadwrn ...*''' mae Jane yn darllen.

ystafell wely	*bedroom*	eisiau	*to want*
gweld	*to see*	gwesty	*hotel*

'Reit, 'dyn ni'n mynd!' mae Gwen yn dweud.

'Pwy? I ble?'

'Chi a fi. I Gaerllwyd. Yn eich car.'

'Beth, i'r brotest?' Mae Jane mewn sioc. Mae Gwen yn naw deg pump oed!

'Ie. Nawr, ble mae fy mag?'

'Wel, os dych chi'n siŵr … popeth yn iawn!'

Yn y stryd ar bwys Gwesty'r Castell mae grŵp mawr o bobl. Maen nhw'n cario placardiau a baneri.

'Esgusodwch fi,' mae Jane yn dweud. ''Dyn ni yma am y brotest.'

'Croeso!' mae dyn yn ateb. 'Steffan dw i. Beth yw'ch enwau chi?'

'Jane dw i.'

'Gwenllian Rhys-Bowen yw fy enw i,' mae Gwen yn dweud.

'Gwenllian Rhys-Bowen? *Y* Gwenllian Rhys-Bowen – y bardd?' mae Steffan yn gofyn. 'Braf cwrdd â chi! Diolch yn fawr i chi am ddod. Ac i chi, Jane.'

Mae Gwen yn enwog!

Mae'r grŵp yn dechrau canu 'Hen Wlad fy Nhadau'. Mae Jane yn gwybod y geiriau, wrth lwc.

⊞

Yn Llanfair mae gŵr Jane yn edrych ar y teledu. Mae Emma'n dod i mewn.

'Ble mae Mam?' mae hi'n gofyn.

popeth yn iawn	*okay*	Mae Hen Wlad	*The Land of*
baner(i)	*flag(s)*	fy Nhadau	*My Fathers*
bardd	*poet*	geiriau	*words*
enwog	*famous*	wrth lwc	*luckily*

'Dw i ddim yn gwybod. Mae hi'n hwyr iawn.'

'Wel, mae'n amser te, a dw i'n mynd mas heno.'

'Shh!' mae Brian yn dweud yn sydyn. 'Mae dy fam ar y newyddion!'

'Mam? Ble?'

Ar y sgrin maen nhw'n gweld Jane gyda grŵp o bobl, yn cario baner Cymru.

'O bydded i'r heniaith barhau,' maen nhw'n canu.

'Bois bach!'

'Cŵl!' mae Emma'n dweud.

hwyr	late	Bois bach!	similar to
O bydded i'r heniaith barhau	O may the old language (i.e. Welsh) endure		'Goodness!' or 'Blinking heck!'

Stori Jimmy

Dyma stori wir.

Mae'r stori'n dechrau ym 1929. Mae babi newydd yn dod i Drenewydd, Glynebwy. Stephen James Murphy yw ei enw e. 'Jimmy bach'.

Teulu mawr yw'r Murphys. Mae deg brawd a chwaer gyda Jimmy. Maen nhw'n byw mewn tŷ teras gwyn. Dim ond pedair ystafell: dwy lan llofft, dwy lawr llawr. Mae'r tŷ bach yn yr ardd. Maen nhw'n cael bath mewn twba yn y gegin. (Mae'r plant yn cael y dŵr ar ôl Dad.)

Mae rhieni Jimmy'n dod o Iwerddon yn wreiddiol. Mae llawer o bobl o Iwerddon yn Nhrenewydd. Pobl o Loegr ac o'r Eidal, hefyd. Maen nhw'n dod i weithio yn y pwll glo neu yn y gwaith dur. Glöwr yw tad Jimmy – pan mae gwaith iddo fe. Weithiau does dim gwaith. Does dim arian, wedyn.

Mae pobl Trenewydd yn dlawd. Does dim arian sbâr gyda nhw. Ond mae pawb yn helpu pawb arall, fel un teulu mawr, clòs. Mae Jimmy'n hapus iawn yn Nhrenewydd. Mae llawer o ffrindiau gyda fe. Mae e'n chwarae mas gyda'r plant yn y stryd neu ar y mynydd. Ond wedyn mae e'n dechrau mynd i'r ysgol.

Dyw Jimmy ddim yn hoffi'r ysgol. Mae'r gwaith yn anodd. Mae'r athrawon yn llym. Mae Jimmy mewn trwbl drwy'r amser. Mae e'n cael y gansen bob dydd. Dyw e ddim yn dysgu llawer.

---

lan llofft	*upstairs*	tlawd	*poor*
lawr llawr	*downstairs*	anodd	*difficult*
pwll glo	*coalpit*	llym	*strict, stern*
gwaith dur	*steelworks*	cansen	*cane*
glöwr	*miner*		

Dyw Jimmy ddim yn dwp. Mae e'n hoffi storïau a dysgu am hanes. Mae e'n gallu cofio pethau. Canwr talentog yw e, hefyd. Ond dyw e ddim yn gallu dysgu darllen nac ysgrifennu, chwaith.

⊞

Pan mae Jimmy'n un deg pedair oed mae e'n gadael yr ysgol ac yn dechrau gweithio yn y pwll glo – y Marine Pit. Ond un dydd mae e'n cael damwain. Dyw e ddim yn gallu mynd i lawr y pwll eto.

Wedyn mae e'n mynd i weithio yn y gwaith dur. Simneiwr yw e, yn adeiladu ffyrnau cols. Mae e'n hapus iawn yno. Lle mawr yw'r gwaith dur, gyda 13,000 o staff. Maen nhw'n gwneud llawer iawn o ddur yno. Dur ardderchog. Mae'r byd yn gwybod am ddur Glynebwy.

Mae'r staff a'u teuluoedd yn cael hwyl, hefyd. Mae caffis, clwb a bar. Dych chi'n gallu chwarae rygbi, pêl-droed, tennis, golff, bowlio, pysgota – popeth. Mae Jimmy'n brysur iawn yn y clwb. Mae e'n trefnu sioeau talent, adloniant bob nos Sadwrn a'r parti Nadolig. Hefyd mae e'n canu yn y côr ac yn actio yn y pantomeimau a'r dramâu. Cymeriad mawr yw Jimmy, ac yn ffrind i bawb.

Ond dyw pobl ddim yn gwybod am broblemau Jimmy. Wrth lwc, does dim llawer o waith darllen ac ysgrifennu yn ei swydd e. Ac mae gwraig Jimmy, Irene, yn help mawr. Mae hi'n helpu Jimmy i ddarllen ei sgriptiau pantomeim a drama.

---

damwain	*accident*	byd	*world*
simneiwr	*steeplejack*	trefnu	*to organise, arrange*
ffwrn	*coke oven(s)*	adloniant	*entertainment*
(ffyrnau) cols		cymeriad	*character*

27

Yn y tŷ mae Irene yn darllen y post a'r biliau. Mae hi'n ysgrifennu'r llythyrau, hefyd. Does dim problem. Ond eto … dyw Jimmy ddim yn gallu mwynhau darllen llyfr. Dyw e ddim yn gallu ysgrifennu cerdyn pen-blwydd. Mae llawer o storïau gyda fe, ond dyw e ddim yn gallu rhoi nhw ar bapur. Mae'n ofnadwy! mae e'n meddwl.

Ar ôl tri deg mlynedd yn y gwaith dur mae Jimmy'n ymddeol. Reit! mae e'n penderfynu. Mae'n amser dysgu darllen ac ysgrifennu'n iawn. Wrth lwc, mae e'n ffeindio'r person perffaith i helpu.

Mae Anna yn gweithio yn y Stiwt yng Nglynebwy. Tiwtor yw hi. Mae hi'n dysgu darllen ac ysgrifennu. Dim i blant, i oedolion. Os oes problem darllen neu ysgrifennu gyda chi, dych chi'n gallu mynd i ddosbarth Anna. Mae llawer o bobl yn cael help yno. Maen nhw'n cael hwyl, hefyd.

Mae Anna'n hoffi'r gwaith. Mae hi'n cwrdd â llawer o bobl. Pobl ddiddorol. Un bore mae dyn newydd yn dod i'r Stiwt.

'Shwmae. Jimmy Murphy dw i,' mae e'n dweud. 'Dw i eisiau help.'

'Croeso! Anna dw i. Braf cwrdd â chi, Jimmy,' mae hi'n ateb. 'Dewch i mewn.'

Mae embaras ar Jimmy, mae Anna'n gwybod. Mae e'n nerfus, hefyd.

'Wel, beth am gael paned a sgwrs, i ddechrau?'

Maen nhw'n eistedd i lawr gyda phaned o de a bisgedi.

'Ble dych chi'n byw, Jimmy?' mae Anna'n gofyn.

'Yng Nglynebwy. Dw i'n dod o hen Drenewydd yn wreiddiol …'

Gydag Anna mae Jimmy'n gallu ymlacio. Dyw e ddim

---

penderfynu   *to decide*

yn teimlo'n dwp. Ar ôl cael sgwrs hyfryd maen nhw'n darllen stori fach syml. Mae Jimmy'n mwynhau. Wedyn mae e'n ysgrifennu ei enw a'i gyfeiriad. Mae'n ddechrau da.

⊞

Bob wythnos mae Jimmy'n dysgu darllen ac ysgrifennu tipyn bach mwy. Mae e ac Anna'n sgwrsio hefyd, am fywyd Jimmy.

'Beth am ysgrifennu tipyn bach am dy hanes, Jimmy?' mae Anna'n dweud, un diwrnod.

Felly mae Jimmy'n dechrau gwneud gwaith cartre. Mae e'n ysgrifennu am yr hen ddyddiau yn Nhrenewydd. Am ei deulu a'i ffrindiau yno.

'Diddorol iawn!' mae Anna'n dweud, pan mae hi'n darllen y gwaith.

Erbyn hyn does dim pwll glo yn ardal Trenewydd. Ac mae'r gwaith dur yn fach iawn, nawr. Does dim pobl yn byw yn Nhrenewydd. Mae'r cartrefi wedi mynd. Un diwrnod mae Jimmy'n siarad ag Anna.

'Dw i eisiau ysgrifennu llyfr am hen Drenewydd. Beth dych chi feddwl?'

'Syniad bendigedig!'

⊞

Dros y misoedd nesa mae Jimmy'n mynd i weld hen ffrindiau a chymdogion o Drenewydd. Maen nhw'n hapus i siarad â fe. Mae Jimmy'n casglu llawer o storïau a hen luniau o'r pentref a'r bobl, hefyd.

hanes	*history, story*	casglu	*to collect*
cymdogion	*neighbours*	lluniau	*pictures*
cartrefi	*homes*		

Mae Anna'n helpu Jimmy gyda'r gramadeg, y sillafu a'r teipio. Maen nhw'n gweithio'n galed iawn – ar y penwythnos, weithiau. Mae'r llyfr yn cymryd llawer o amser a llawer o waith. Maen nhw'n meddwl bydd y gwaith byth yn gorffen!

Yn 2000 – blwyddyn y mileniwm – mae *Murphy's Memories of Old Newtown* yn barod, o'r diwedd. Mae e'n edrych yn dda. Ond mae Jimmy ac Anna'n nerfus iawn. Beth os dyw pobl ddim yn hoffi'r llyfr?

Wedyn maen nhw'n cael newyddion da. Mae pobl yn ciwio i brynu copi yn y siopau. Mae'r llyfr yn mynd fel slecs!

⊞

Ond dyw stori Jimmy ac Anna ddim wedi gorffen eto. Yn 2002 mae gwaith dur Glynebwy'n cau. Mae Jimmy'n drist iawn.

'Dw i eisiau ysgrifennu llyfr arall,' mae e'n dweud. 'Stori'r gwaith dur a'r bobl fendigedig yno.'

'Gwych!' mae Anna'n ateb.

Mae'r ddau'n dechrau gweithio eto.

Mae Jimmy yn gorffen ysgrifennu *Steel in the Blood* yn 2004.

Mae llawer o bobl yn diolch i Jimmy am helpu nhw i gofio'r hen ddyddiau da yn Nhrenewydd a Glynebwy. Mae Jimmy'n dweud 'diolch' hefyd – diolch o galon i Anna, ei diwtor a'i ffrind.

---

sillafu	*to spell*	yn mynd fel slecs	*going like hot*
cymryd	*to take*		*cakes*
byth	*never, ever*		

Y Warden Traffig

Dych chi'n hoffi wardeniaid traffig? Nac ydych, dw i'n siŵr. Does neb yn hoffi ni! Dyw pobl ddim yn gweld warden traffig fel person. Na, maen nhw'n gweld yr iwnifform ac yn meddwl 'basdad'.

Bethan Morris dw i. Dw i'n gweithio fel warden traffig yng Nglynafon. Ond person neis, dw i, wir! Normal. Poléit. Rhesymol. Mae teulu gyda fi, a ffrindiau. Morgais a biliau i'w talu, hefyd.

I fi, mae warden traffig yn gwneud gwaith da. ('Ha ha!' dych chi'n dweud, siŵr o fod!) Perswadio pobl i barcio'n iawn. Helpu cadw'r dre'n saff, y stryd yn glir a'r traffig yn symud.

Heb warden traffig i stopio nhw mae pobl yn parcio'n ddwl iawn, credwch chi fi! Yng nghanol y ffordd. Yn blocio'r stryd. Croesfannau sebra. O flaen yr ysbyty, ble mae'r ambiwlansys yn parcio. Ar y palmant – tra mae plant a rhieni gyda babis mewn pramiau yn cerdded ar yr heol!

Wrth gwrs, dyw pobl ddim yn hoffi cael tocyn parcio. Maen nhw'n protestio. Y pethau mae rhai pobl yn dweud wrth wardeniaid traffig! Geiriau drwg iawn (dw i ddim yn gallu eu hysgrifennu nhw yma). Maen nhw'n gweiddi. Poeri (ych a fi!). Gwthio ni, cicio ni … Wel, os dych chi ddim eisiau cael tocyn parcio, peidiwch parcio'n ddwl! dw i'n meddwl.

---

rhesymol	*reasonable*	o flaen	*in front of*
cadw	*to keep*	palmant	*pavement*
symud	*to move*	gweiddi	*to shout*
dwl	*stupid, dull*	poeri	*to spit*
croesfan(nau) sebra	*zebra crossing(s)*	gwthio	*to push*

Ond dw i'n mwynhau'r gwaith, fel arfer. Dw i'n hoffi cwrdd â phobl. Siarad â nhw, cael jôc, helpu nhw, os dw i'n gallu. Mae'n braf gweithio yn yr awyr agored, hefyd. Dw i ddim yn styc mewn swyddfa. A dw i'n ffit iawn, achos y cerdded.

Mae pethau drwg am y swydd, hefyd, wrth gwrs. Gweithio yn y glaw a'r eira. Shifftiau hir. Traed tost. Pobl gas. A nawr, targedau …

⊞

Roedd popeth yn iawn tan chwe mis yn ôl. Yna gaeth y cyngor syniad newydd. (Mae llawer o syniadau gyda'r Cyngor ond dim lot o sens.) Mae targedau gyda ni. Rhaid i ni roi 40 o docynnau parcio i bobl bob dydd. 40! Os na, 'dyn ni mewn trwbl.

A nawr 'dyn ni'n hoffi gweld car ar linellau dwbl! Mae'n helpu ni i gyrraedd y targed twp. A 'dyn ni ddim yn gallu aros pum munud i'r person ddod yn ôl i'r car. Rhaid dweud 'Sorri, mêt' a *SLAP*! – tocyn ar y ffenest, a bant â ni i ffeindio'r car nesa.

Wel, wrth gwrs, dyw pobl Glynafon ddim yn hapus. Maen nhw'n ffonio'r swyddfa i apelio. Ysgrifennu at y papur. Blogio. Gwneud jôcs sarcastig pan dw i'n gweld nhw yn Tesco.

Dw i ddim yn hapus, chwaith. Dw i ddim yn mwynhau'r gwaith o gwbl, nawr.

Ond ges i hwyl y prynhawn 'ma. Dyma fi'n cerdded heibio'r ysgol, a gweld car mawr ar y llinellau dwbl. Dw i'n

yn yr awyr agored	*outdoors, in the open air*	llinellau dwbl	*double lines*
drwg	*bad*	bant â ni	*off we go*
cyngor	*council*	dyma fi	*here's me, here I am*
		heibio	*past*

edrych yn y car. Does dim mam na thad yno yn aros am y plant, felly dw i'n rhoi tocyn parcio ar y ffenest.

Yn sydyn dw i'n clywed,

'Hei, stopiwch! Peidiwch rhoi tocyn i fi!'

'Mae eich car chi ar linellau dwbl, syr,' dw i'n ateb.

'Wel, dw i'n mynd nawr.'

'Sorri, syr, ond dych chi ar y system erbyn hyn.'

'Y Cynghorydd Hywel Lloyd Jones dw i. Dw i yn yr ysgol ar fusnes.'

Dw i'n gwybod pwy yw e. Bòs y cyngor. Dw i wedi gweld ei lun yn y papur. Ond dw i ddim yn dweud.

'Mae maes parcio yn yr ysgol, Mr Lloyd Jones.'

'Iawn. Dw i'n hapus i fynd i'r maes parcio tro nesa. Does dim rhaid i chi roi tocyn i fi am barcio yma am bum funud!'

'Mae'n flin gyda fi, syr,' dw i'n ateb, 'ond mae targed gyda fi.'

---

erbyn hyn   by *now*   cynghorydd   *councillor*

Storïau o'r Tip

Eryl Parry dw i. Dw i'n byw yn Aber-cawr, ym Mhowys. Dw i'n sengl, ond dw i'n byw mewn gobaith! Dw i'n gweithio i'r cyngor, yn y tip. ('y ganolfan ailgylchu' yw ei henw posh hi, ond 'y tip' yw e i bawb yn Aber-cawr.) Mae pedwar o staff yma: Gwyn a Llinos (pobl neis iawn), y rheolwr, Alun (person diflas iawn), a fi.

Dw i'n mwynhau gweithio yn y tip. Mae'n ddiddorol. Dw i'n hoffi ysgrifennu storïau am y pethau 'dyn ni'n ffeindio yma. Wythnos diwetha roedd ffrog briodas yma. Yn y bag gyda'r ffrog roedd teisen briodas, modrwy a blodau! Mae stori drist yma, dw i'n siŵr. Falle aeth y ferch i'r eglwys i briodi, ond ddaeth ei chariad ddim. Dyna drueni.

Unwaith gaethon ni neidr fawr (peithon, dw i'n credu), wedi'i stwffio. Wedyn ffeindiodd Llinos focs o lygaid artiffisial. Gaeth hi sioc fawr! Un diwrnod daeth hen wardrob i'r tip. Yn sydyn, clywais i sŵn od, fel mewian. Agorais i'r drws. Yn y wardrob roedd cath fach! Cath bert, ddu a brown, streipiog. Dw i'n hoffi cathod. Ond dyw Alun, y bòs, ddim yn hoffi nhw o gwbl.

'Ych a fi!' dwedodd e. 'Shiw! Shiw! Y gath dwp!'

'Mae'r teulu yn edrych am y gath, siŵr o fod!' dwedais i. 'Beth am y CCTV? Os 'dyn ni'n gweld y bobl gyda'r wardrob, wedyn 'dyn ni'n gallu trio ffeindio nhw ...'

'Mae digon o waith gyda ni heb wastraffu amser yn edrych ar y teledu!' atebodd Alun. 'Shiw! Shiw! Y niwsans!'

---

byw mewn gobaith	*live in hope*	neidr	*snake*
ailgylchu	*recycle*	sŵn	*sound*
peth(au)	*thing(s)*	mewian	*miaow*
ffrog briodas	*wedding dress*	edrych am	*to look for*
modrwy	*ring*		

Person cas yw'r bòs. Mae e'n pwyntio at bobl ac yn gweiddi pethau fel: 'Paid parcio yna!' 'Dim plastig gyda'r metel!' 'Beth mae'r sbwriel yma'n wneud ar y llawr?'. 'Dyn ni'n galw Alun yn 'Lord Sugar' – tu ôl i'w gefn.

Roedd y tip ar y newyddion y llynedd. Un bore gwelais i rywbeth od yn y sgip metel sgrap. Rhywbeth siâp roced. Duw, Duw! meddyliais i. Mae bom yn y sgip!

Es i i siarad â Llinos. Roedd hi'n sortio hen radios, setiau teledu a chyfrifiaduron.

'Mae bom yn y metel sgrap!' dwedais i. 'Wel, dw i'n meddwl.'

'Waw – wir? Ble?' Cerddodd hi at y sgip metel.

'Na, paid, Llinos!' galwais i, yn rhy hwyr.

'Dw i'n gweld!' dwedodd hi. 'Mae'n edrych fel bom. Un go-iawn yw e, wyt ti'n meddwl?'

'Dw i ddim yn siŵr. Ond rhaid i fi ddweud wrth Alun.'

'O diar. Pob lwc!'

'Paid siarad nonsens, Eryl!' dwedodd Alun.

'Wir, bom yw e. Dewch i weld.'

'Does dim amser 'da fi! Mae gwaith papur 'da fi i'w wneud!'

'Wel, dw i'n poeni,' dwedais i. 'Beth os yw e'n beryglus?'

'O, iawn! Ble mae'r blincin "bom" yma?' Cododd e. 'Ond os wyt ti'n trio cael jôc …' ('Dyn ni'n hoffi cael hwyl yn y gwaith, weithiau. Rhoddodd Gwyn y neidr wedi'i stwffio yn swyddfa Alun, dan y ddesg. Ond welodd Alun ddim o'r jôc.)

Edrychodd Alun yn y sgip.

'Mm, wel, dim bom go-iawn yw e, siŵr o fod,' dwedodd e. 'Ond bydda i'n ffonio'r swyddfa a gofyn beth yw'r

gweiddi	*to shout*	go-iawn	*real*
llawr	*floor, ground*	siâp roced	*rocket-shaped*
tu ôl i'w gefn	*behind his back*	peryglus	*dangerous*

protocol.' Mae Alun yn hoffi 'protocol'. Dyw e ddim yn mynd i'r tŷ bach heb ffonio'r swyddfa.

Y protocol oedd cau'r tip a ffonio'r heddlu. Daeth car heddlu mewn deg munud.

'Reit, rhaid i ni alw'r Uned Difa Bomiau,' dwedodd y plismon.

Daeth y Criw Difa Bomiau yn eu lorri wedyn. Roedd llawer o bobl yn y stryd ar bwys y tip. Mae pobl Aber-cawr yn hoffi drama. Wedyn daeth pobl y papurau, y radio a'r teledu.

'Fi yw'r rheolwr, Alun Siôn,' dwedodd Alun wrth y dyn o'r BBC. 'Wrth gwrs, pan ffeindiais i'r bom ffoniais i'r heddlu'n syth.'

Ti, yn ffeindio'r bom? meddyliais i. Ac yn ffonio'r heddlu'n syth? Dyna jôc!

Un diwrnod ffeindiais i rywbeth arbennig iawn yma. Cadair eisteddfod oedd hi. Cadair eisteddfod, yn y tip! Trist iawn. Tynnais i hi mas o'r sgip. Wedyn daeth Alun draw.

'Pam mae'r gadair 'na yng nghanol yr iard?'

'Cadair eisteddfod yw hi,' atebais i. 'Edrychwch.'

'Rho hi yn y sgip coed!'

Ar ôl i Alun fynd tynnais i'r gadair mas o'r sgip eto. Rhoddais i hi yn y stordy. Mae Gwyn, Llinos a fi'n cael ein cinio yn y stordy. Mae popty ping gyda ni, tegell, mygiau, te a choffi – popeth.

Mae'r gadair yn bert iawn, gyda blodau wedi'u cerfio yn y pren. 'Eisteddfod Cwm Nant-y-pwll' mae'n dweud ar

---

Uned Difa	*Bomb Disposal*	tynnu	*to pull*
Bomiau	*Unit*	stordy	*store room*
yn syth	*straight away*	popty ping	*microwave*
arbennig	*special*	tegell	*kettle*
		wedi'u cerfio	*carved*

y gadair. Mae enw'r bardd yno, hefyd: Hywel Dafis. Pwy oedd e? Dw i'n mynd i ffeindio allan, gobeithio.

Dw i'n hoffi eistedd yn y gadair a darllen neu wrando ar gerddoriaeth. (Mae llawer o hen lyfrau, recordiau a CDs yn dod i'r tip.) Dw i'n teimlo fel bardd, neu awdur yn y gadair hon! Weithiau dw i'n ysgrifennu rhywbeth. Ysgrifennais i stori fach am y gath yn y wardrob. Darllenodd Llinos y stori. Roedd hi'n ei hoffi hi. Anfonodd hi'r stori at y papur lleol, ar y slei. Wedyn ges i alwad ffôn.

'Helô, Angharad Evans yw fy enw i,' dwedodd y ferch ar y ffôn. 'Gwelais i'ch stori yn y papur.'

'O, reit,' atebais i. Ro'n i'n swil.

'Dw i wedi colli fy nghath i, Siani. Cath fach streipiog, ddu a brown. Symudais i i fflat newydd. Falle aeth hi'n ôl i fy hen fflat a mynd i mewn i'r wardrob …'

'Dw i'n gweld.'

'Ble mae'r gath nawr?' gofynnodd y ferch. 'Dw i'n poeni'n fawr iawn!'

'Peidiwch poeni,' atebais i. 'Mae hi'n iawn. Mae hi gyda fi, gartre.'

'Ga i ddod draw a gweld y gath?'

'Cewch, wrth gwrs.'

Daeth Angharad y noson yna.

'Siani!' dwedodd hi wrth y gath. Roedd hi'n hapus iawn.

Gaethon ni baned o de wedyn a siaradon ni heb stop. Mae Angharad yn hyfryd. 'Dyn ni'n hoffi'r un pethau, fel cerdded, ffilmiau, cerddoriaeth a darllen.

Dw i'n mynd i fflat Angharad heno. Mae hi'n gwneud swper i ni. Ond dyna stori arall.

| pren | *wood* | bardd | *poet* |

Hen Blant Bach

Clywais i'r stori yma gan fy ffrind Catrin. Dw i ddim yn siŵr beth i feddwl amdani hi …

1993 yw hi. Mae Catrin yn byw yn Nant-y-graig ym Morgannwg. Mae teulu gyda hi: ei gŵr Meirion, merch fach o'r enw Siriol, a'r babi newydd, Guto. Mae Meirion yn gweithio ym Mhontypridd.

Mae'n amser hapus. Maen nhw'n byw mewn bwthyn yn y pentref. Bwthyn bach, hen ffasiwn yw e, ond maen nhw'n hoffi fe. Mae gardd eitha mawr yna, gyda siglen i'r plant. Maen nhw'n mynd am bicnics ar lan yr afon, Guto yn y bygi a Siriol yn rhedeg o gwmpas.

Mae'r teulu'n hapus, ond weithiau mae Catrin a Meirion yn poeni am Siriol. Mae ffrind dychmygol gyda hi o'r enw Binda. Amser te mae Siriol yn dweud,

'Plât a chwpan i Binda, Mami!'

Pan maen nhw'n mynd mas yn y car mae hi'n dweud,

'Mae Binda'n dod, hefyd!'

'Pam mae ffrind dychmygol gyda Siriol?' mae Catrin yn gofyn i Meirion un diwrnod. 'Ydy hi'n unig, wyt ti'n meddwl?'

'Neu'n anhapus am y babi newydd, falle?' mae Meirion yn ateb.

Mae Catrin yn siarad â Bronwen, yr ymwelydd iechyd.

'Peidiwch â phoeni,' mae Bronwen yn dweud. 'Mae'n normal i blant bach. Ac mae Siriol yn edrych yn hapus i fi!'

Hen Blant Bach	*Dear Little Children*	unig	*lonely*
siglen	*a swing*	ymwelydd iechyd	*health visitor*
dychmygol	*imaginary*		

Felly maen nhw'n stopio poeni. Mae Siriol yn chwarae'n hapus, yn bwyta'n dda, yn siarad llawer. Mae popeth yn iawn. Mae hi'n canu hefyd. Mae hi'n hoffi 'Dau Gi Bach', 'Mi Welais Jac-y-Do' a 'Mynd ar y Ceffyl, Trot, Trot, Trot'.

Un noson mae Catrin a Meirion yn clywed Siriol yn canu yn y gwely, 'Heno, Heno, Hen Blant Bach …' Fel arfer maen nhw'n canu 'Si Hei Lwli Mabi' i'r plant amser gwely.

'Ble dysgaist ti "Heno, Heno"?' mae Catrin yn gofyn i'r ferch.

'Binda ddysgodd hi i fi,' mae Siriol yn ateb.

'Mae hi wedi clywed y gân ar y teledu, falle,' mae Meirion yn dweud.

'Wel, mae'n amser cysgu nawr,' mae Catrin yn dweud. 'Nos da, cariad.'

'Nos da,' mae Siriol yn ateb. 'Nos da, Binda.'

Un noson mae Meirion yn dweud wrth Catrin, 'Dw i'n dechrau teimlo'n eitha hoff o Binda!'

'A fi,' mae Catrin yn chwerthin. 'Mae hi fel un o'r teulu!'

Yn 1995 mae Meirion yn cael swydd yng Nghaernarfon. Mae'r teulu'n symud i'r gogledd. Mae Siriol yn mynd i'r ysgol ac yn gwneud ffrindiau. Mae hi'n anghofio am ei ffrind dychmygol. Ond weithiau mae Meirion a Catrin yn siarad am Binda. Mae hi'n braf cofio Siriol a Guto yn blant bach yn Nant-y-graig.

⊞

2015 yw hi. Mae Catrin yn gweithio yn y brifysgol ym Mangor nawr. Un diwrnod mae hi'n mynd i gyfarfod ym

cân	song	chwerthin	to laugh
teimlo	to feel	prifysgol	university
hoff o	fond of	cyfarfod	a meeting

Mhrifysgol De Cymru. Mae hi'n gyrru i Bontypridd gyda Heulwen, ffrind o'r gwaith.

Mae'r cyfarfod yn gorffen am dri o'r gloch. Mae'r tywydd yn braf.

'Mae'n hyfryd yma,' mae Heulwen yn dweud.

'Wyt ti eisiau gyrru o gwmpas cyn mynd adre?' mae Catrin yn gofyn.

'Iawn, grêt.'

''Dyn ni'n gallu mynd i weld Nant-y-graig. Dyna'r pentref ble roedd Meirion a fi a'r plant yn byw.'

Yn Nant-y-graig mae llawer o dai newydd.

'Mae popeth wedi newid!' mae Catrin yn dweud. Yna mae hi'n gweld yr eglwys. 'Dyma ni! Mae'r bwthyn yn Lôn yr Eglwys.'

Mae hi'n parcio'r car ac maen nhw'n cerdded. Yna mae hi'n gweld y bwthyn. 'Yr Hafod', mae hi'n darllen ar y gât.

'Dyma fe!'

'O, mae'n bert!' mae Heulwen yn dweud.

Wedyn mae merch yn dod mas o'r bwthyn.

'Ga i'ch helpu chi?' mae hi'n gofyn. 'Dych chi'n edrych am rywbeth?'

'Mae'n iawn, diolch,' mae Catrin yn ateb. 'Sorri am fusnesa, ond ro'n i'n arfer byw yma.'

'Yn y bwthyn yma?'

'Ie. Ugain mlynedd yn ôl! Gaethon ni amser hapus iawn yma.'

'Megan James dw i,' mae'r ferch yn dweud. ''Dyn ni'n byw yma ers pum mlynedd.'

Maen nhw'n cael sgwrs fach. Wedyn mae Megan yn gofyn,

---

tai	*houses*	busnesa	*to nose about*
newid	*change*	ro'n i arfer	*I used to*

'Dych chi eisiau dod i mewn?'

'Wel, ydw, os dych chi'n siŵr …'

Mae'r bwthyn yn smart iawn, nawr. Mae cegin newydd, mae Catrin yn gweld.

'Mae'r ardd yn hyfryd!' mae Heulwen yn dweud. Maen nhw'n mynd mas. Mae merch fach yn chwarae yn yr ardd.

'Dyma fy merch, Cadi,' mae Megan yn dweud.

'Helô, Cadi!'

'Ga i ddiod, Mami?' mae Cadi'n gofyn.

'Cei. Oren?'

'Ie. Ac un i Binda, hefyd, plis,' mae'r ferch fach yn dweud.

'Pwy yw Binda?' mae Catrin yn gofyn i Megan.

'O, ei ffrind bach dychmygol hi. Mae hi'n trio dweud "Belinda", dw i'n credu,' mae Megan yn ateb. 'Dych chi eisiau diod, hefyd?'

Maen nhw'n mynd yn ôl i'r gegin a chael paned o de. Mae Catrin yn gallu clywed Cadi'n canu yn yr ardd, 'Heno, Heno, Hen Blant Bach …'

Y Piano

Mae stondin gyda fi ym marchnad Cwm-glas. Dw i'n gwerthu caws, menyn ac wyau, hefyd peis a phasteiod. Mae popeth yn dod o ardal Cwm-glas.

Un bore Llun cyrhaeddais i'r farchnad yn y fan. Yna ges i syrpréis. Roedd piano yn y fynedfa. Dyna od, meddyliais i.

'Bore da, Nye,' dwedais i wrth y dyn ar y stondin ffrwythau a llysiau.

'Shwmae, Mo.'

'Beth mae'r piano yn wneud yna?' gofynnais i.

'Mae artist wedi'i roi fe yna.'

'Artist?'

'Ie. Prosiect artistig yw e,' atebodd e. 'Lot o nonsens, os wyt ti'n gofyn i fi!'

Es i i edrych ar y piano. Ar y ffrynt roedd geiriau Saesneg:

Play Me, I'm Yours

Dw i'n hoffi'r piano. Y *Moonlight Sonata* bendigedig! Ond dw i ddim yn gallu chwarae. Yn yr ysgol roedd rhai o'r plant yn dysgu'r piano. Dw i'n cofio gweld nhw, yn eistedd wrth y piano crand, sgleiniog yn y neuadd. Lwcus iawn!

'Falle bydd cyngerdd bach yma,' dwedais i.

'Bydd plant yn gwneud sŵn ofnadwy ar y blincin peth, siŵr o fod!' atebodd Nye.

---

stondin	*a stall, stand*	rhai	*some*
gwerthu	*to sell*	sgleiniog	*shiny*
pastai (pasteiod)	*pasty (pasties)*	cyngerdd	*concert*
mynedfa	*entrance, way in*		

Y bore hwnnw roedd hi'n brysur iawn yn y farchnad. Roedd fy ffrind Lisa yn helpu ar y stondin. Ond gaethon ni ddim munud sbâr i gael coffi, na mynd i'r tŷ bach!

Tua dau o'r gloch gaethon ni bastai a phaned o de. Hyfryd! Daeth 'Hen John' i'r stondin wedyn. Dyn digartref yw e.

Mae pawb yng Nghwm-glas yn nabod John. Weithiau mae e yn y dre, weithiau yn y parc (mae e'n ymolchi a siafio yn y toiledau yno, dw i'n credu). Mae troli Tesco gyda fe bob amser. Mae'r troli'n llawn bagiau, ac mae e'n sortio ac ailsortio nhw.

'Shwmae, John,' dwedais i. 'Beth dych chi eisiau heddiw?'

Pwyntiodd John at bastai caws a winwns, a rhoi'r arian i fi.

Lapiais i ddwy bastai mewn bag papur. 'Dwy am bris un, heddiw,' dwedais i.

'Dyn ni'n gweld Hen John bob dydd, ond 'dyn ni ddim yn gwybod ei hanes e, a dweud y gwir. O ble mae e'n dod? Oes teulu gyda fe? 'Does dim atebion gyda ni. Achos dyw John ddim yn siarad. Byth. Ydy e'n gallu siarad, o gwbl? Does neb yn siŵr.

Roedd hi'n dawel yn y farchnad wedyn. Am bedwar o'r gloch pacion ni bopeth yn y fan. Cyn mynd adre stopiais i yn y fynedfa i edrych ar y piano.

'Tria fe, Mo,' dwedodd Lisa.

'Na, dim heddiw,' atebais i, yn rhy swil.

Ddydd Mercher daeth grŵp bach o bobl ifainc i'r farchnad. Chwaraeon nhw 'Chopsticks' ar y piano. Gaethon nhw

digartre	homeless	a dweud y gwir	to tell the truth,
llawn	full (of)		to be honest
hwnnw	that	rhy swil	too shy

hwyl. Wedyn dechreuodd y grŵp beintio'r piano. Wel, i fi, dyw hynny ddim yn iawn. Plant yn peintio piano? Roedd Aled, rheolwr y farchnad, yno. Es i i siarad ag e.

'Mae'r grŵp yn dod o'r Coleg,' esboniodd e. 'Mae'n rhan o'r prosiect.'

Peintion nhw lun o ardal Cwm-glas, gyda'r mynyddoedd, y cwm a'r afon, a baner y ddraig goch, hefyd. Roedd y piano'n edrych yn hyfryd wedyn, chwarae teg.

Chlywais i ddim o'r piano eto tan brynhawn Sadwrn, pan ganodd dyn ifanc 'The Entertainer'. Roedd e'n dda. Wedyn chwaraeodd plentyn bach 'Ble Mae Daniel?' (neu 'London's Burning') a 'Twinkle Twinkle Little Star', yn araf, araf iawn.

'O, na!' dwedodd Nye.

'A, y peth bach, annwyl!' meddai Lisa.

Dros yr wythnosau nesa dechreuodd mwy o bobl chwarae'r piano. Ro'n i'n mwynhau gwrando. Gaethon ni 'Für Elise', darn o *Swan Lake* a 'Myfanwy' – hyfryd! Roedd rhai pobl yn chwarae'n dda iawn. Roedd rhai'n dysgu'r piano, siŵr o fod. Dw i'n mynd i ddysgu, un diwrnod, penderfynais i, a rhoi syrpréis mawr i bawb yn y farchnad!

Amser Nadolig daeth grŵp o blant o'r ysgol a chanu carolau o gwmpas y piano. Wrth y stondin canon ni hefyd: 'Tawel Nos', 'Nadolig Gwyn', 'Mae Santa Clos yn Dod' a 'Nos Galan'. Gwelais i Hen John yno. Ydy e'n gallu clywed y miwsig? meddyliais i. Gobeithio.

Un diwrnod clywais i gerddoriaeth hyfryd iawn yn y farchnad.

'Delyth Jenkins yw hi!' meddai Lisa.

| baner | *a flag* | annwyl | *dear* |
| y ddraig goch | *the red dragon* | penderfynu | *to decide* |

Mae Delyth Jenkins yn enwog. Mae hi'n dod o Gwm-glas yn wreiddiol ond mae hi'n byw yn Llundain nawr. Mae hi'n perfformio ar y piano dros y byd. Heddiw roedd hi yng Nghwm-glas yn ymweld â'r teulu, ac roedd hi'n canu'r piano i ni – am ddim. Canodd hi un darn dw i'n hoffi'n fawr iawn – y 'Minute Waltz', gan Chopin. Ffantastig!

Roedd stori am Delyth Jenkins yn y papur yr wythnos wedyn. Ar ôl hynny daeth lot mwy o bobl i chwarae ac i wrando ar y piano. 'Dyn ni wedi cael miwsig pop, clasurol, *jazz*, popeth. 'Pen-blwydd Hapus', weithiau. 'Hen Wlad fy Nhadau' a 'Cwm Rhondda' ar Ddydd Gŵyl Dewi, a phan mae Cymru'n chwarae rygbi.

Mae'r piano wedi helpu pobl i ffeindio cariad hefyd. Cwrddodd cwpl yma, ac wedyn priodi. Daethon nhw i'r farchnad yn eu dillad priodas i gael tynnu lluniau ger y piano.

Pâr Hapus yn Priodi – Diolch i Brosiect Pianos y Stryd! meddai'r *Cwm-glas Argus*.

⊞

Un prynhawn daeth Hen John i'r farchnad. Prynodd e bastai. Gaeth e baned yn y caffi bach yma. Wedyn aeth e at y piano ac edrych arno fe. Eisteddodd e ar y stôl. Plinc … plinc … plonc … chwaraeodd e, gydag un bys.

'O diar,' dwedodd Lisa.

Yna dechreuodd John chwarae gyda dau fys: Plinc, plonc … plinc, plonc … Yna gyda'i law chwith, hefyd: bong, bong …

dros y byd	*all over the world*	i gael tynnu lluniau	*to have photos taken*
am ddim	*free, for nothing*	bys	*finger*
priodas	*wedding*	llaw	*hand*

Ar ôl munud clywais i diwn bach, am foment. Roedd John yn dechrau'r tiwn a stopio, dechrau eto … Yn araf roedd y gerddoriaeth yn adeiladu. Beth yw'r tiwn yna? meddyliais i. Rhywbeth clasurol, dw i'n siŵr.

Erbyn hyn roedd pobl yn stopio i wylio John. Dechreuodd rhai pobl ffilmio fe ar eu ffonau.

Aeth y gerddoriaeth ymlaen am foment neu ddau. Wedyn yn sydyn stopiodd John chwarae. Cododd e o'r piano a cherdded bant, yn gwthio'i droli Tesco.

'Duw, Duw!' dwedodd Nye.

'O! Pam mae e wedi stopio?' meddai Lisa.

'Falle bydd e'n chwarae eto, pan mae hi'n dawel yma,' dwedais i.

A fi? Ges i fy ngwers biano gyntaf yr wythnos diwetha. Dw i'n gallu chwarae 'Ble Mae Daniel' (gydag un llaw) nawr! *Y Moonlight Sonata* nesa …

---

cerddoriaeth	*music*	gwers	*lesson*
adeiladu	*to build*		

Hwyl gyda Geiriau

Dw i'n hoffi geiriau yn Gymraeg
fel 'croeso!' a 'shwmae?',
'ofnadwy', 'wedi blino', 'hwyl',
'ymlacio' a 'mwynhau'.
Geiriau fel 'llyfrgell'
mae rhaid i fi ymarfer,
ond pam dw i ddim yn gallu dweud
y gair 'cyfrifiadur'?

Dw i'n lico geiriau doniol
fel 'sgidiau' a 'sglodion',
'pysgod', 'popeth', 'popty ping',
'smwddio', 'stwnsh' a 'sboncen'.
Dw i'n cael problemau weithiau
gyda rhai fel 'dyddiadur',
ond does dim gobaith i fi ddweud
y gair 'cyfrifiadur'!

Dw i'n hapus gyda geiriau neis,
fel 'bwrw glaw' a 'heulog',
'gwlyb' a 'stormus', 'tywydd braf',
'eira', 'haul' a 'niwlog'.
'Cariad', 'chwaer', 'cath' a 'ci',
pob person a chreadur,
ond fydda i byth yn gallu dweud
y gair 'cyfrifiadur'!

---

popty ping	*microwave*	gobaith	*hope*
sboncen	*squash (the game)*	creadur	*creature*
rhai	*some*	fydda i byth	*I will never*
dyddiadur	*diary*		

Dw i'n caru geiriau bach a phert,
fel 'gwely' ac 'o gwbl',
'llygaid', 'pen-ôl', 'bola tost',
'gwyliau', 'haf' a 'pobl'.
Mae digon o eiriau hyfryd
i gael yn y geiriadur,
ond peidiwch gofyn i fi ddweud
blincin 'cyfrifiadur'!

---

i gael   *to be had, available*   geiriadur   *dictionary*

Lefel Sylfaen

Tacsi mewn Trafferth

Meic Jones dw i. Dw i'n gyrru tacsi i gwmni Cabiau Caerdydd. Swydd dda yw hi, i fi. Dw i'n hoffi gyrru, a dw i'n hoffi siarad â phobl.

Hanner gyrru, hanner seicoleg yw'r busnes tacsis. Gwrando ar storïau pobl. Storïau am y teulu, am y gwaith, am iechyd, am broblemau ariannol – popeth.

Mae gyrrwr tacsi'n gweld lot. Pobl dda. Pobl ddrwg. Hapus. Trist. Wedi meddwi (ych a fi!). Cyplau'n priodi, merched yn cael babis, cariadon yn cael affêrs … Does dim byd yn syrpréis i fi nawr. Wel, tan y mis diwetha.

'Oes car ar bwys Bae Caerdydd, gofynnodd Delyth, drwy'r radio, 'i fynd i'r maes awyr?'

'Dw i yn y bae!' atebais i. Job sy'n talu'n dda yw mynd i'r maes awyr.

'Iawn, Meic. Mrs Smith yw'r enw. Mae hi yng Ngwesty'r Bae.'

'Dim problem.'

Cyrhaeddais i'r gwesty mewn pum munud. Gwesty crand yw e. Edrychais i o gwmpas. Weithiau mae pobl enwog yn aros yma. Mae pob gyrrwr tacsi'n hoffi cael 'seléb' yn y cab. Ond welais i neb.

Es i at y ddesg.

'Mrs Smith? I'r maes awyr?'

Menyw dal, smart iawn oedd Mrs Smith, yn gwisgo sgarff a sbectol haul.

---

mewn trafferth *in trouble*   maes awyr   *airport*
wedi meddwi *drunk*

'Meic dw i,' dwedais i. 'Dyma'r car.' Rhoddais i ei bagiau (bagiau posh iawn) yn y gist.

Gyrron ni ar hyd y ffordd. 'Dych chi yng Nghaerdydd ar eich gwyliau, Mrs Smith?' gofynnais i.

'Nac ydw. Yma gyda'r gwaith.'

'Beth yw'ch gwaith chi?'

'Dw i mewn busnes.'

'A, reit,' dwedais i. Dw i ddim yn gwybod llawer am fusnes. Dyna pam does dim arian gyda fi, siŵr o fod! 'Dych chi'n mynd adre nawr, Mrs Smith?'

'Nac ydw. Dw i'n mynd i Iwerddon. Cyfarfod busnes.'

'Gobeithio bydd y tywydd yn braf i chi yno. Mae'n dwym yma.'

'Ydy. Syrpréis – dim glaw!'

'Dyw hi ddim yn bwrw glaw bob dydd yng Nghymru!' protestiais i.

Troais i i'r ffordd fawr a gweld ciw o lorris, ceir a faniau.

'Faint o'r gloch mae'ch awyren yn gadael?' gofynnais i.

'Hanner awr wedi pedwar.'

'Iawn, dim problem.' Gobeithio!

Gyrron ni'n araf iawn. Wedyn stopion ni ac aros. Gyrru am hanner munud.

Stopio eto …

'Mae Caerdydd yn grêt, ond mae'r traffig yn ofnadwy weithiau!' dwedais i.

'Dw i ddim yn nabod Caerdydd,' atebodd Mrs Smith. 'Ond mae'n edrych yn ddiddorol.'

'O, mae lot i'w weld: y castell, y Senedd, yr amgueddfa, Stadiwm y Mileniwm …'

'Gwelais i Ganolfan y Mileniwm. Mae'n hyfryd.'

---

cist (car)	*boot (of car)*	ar hyd	*along*
		awyren	*aeroplane*

'Ydy,' cytunais i. 'Maen nhw'n cael operâu, bale, sioeau a dramâu gwych yno.'

'Dw i'n gobeithio ymweld â Chaerdydd eto, a gweld popeth.'

'Gwych! Mae stiwdios y BBC yn y bae hefyd. Maen nhw'n gwneud rhaglenni mawr yma: *Casualty, Dr Who, Pobol y Cwm*.'

'Wir?'

'Ie. 'Dyn ni'n cael lot o selébs yn bwcio tacsis, hefyd. 'Dyn nhw ddim eisiau mynd mewn limosîn achos mae pobl yn edrych arnyn nhw – y *paparazzi* a'r ffans. Ond mewn cab maen nhw'n *incognito*,' esboniais i.

Mae un gyrrwr, Gareth, wedi cael Colin Jackson, Cerys Matthews a David Tennant yn y cab … mae e'n dweud. Mae Jenny wedi cael Charlotte Church a Rhodri Morgan. Mae Amir yn lwcus iawn. Gaeth e Sam Warburton yn ei dacsi e y llynedd. Sam Warburton – capten Tîm Rygbi Cymru!

'Pa selébs dych chi wedi'u cael yn eich cab chi?' gofynnodd Mrs Smith.

'Wel, ges i ffrind i Derek Brockway, unwaith.'

Dw i'n siŵr o gael seléb mawr, ryw ddydd. Max Boyce neu Katherine Jenkins, falle! Dw i'n hoffi nhw'n fawr.

Ar ôl gadael Caerdydd cliriodd y traffig. Hwrê!

'Dim ond deg munud arall i'r maes awyr,' dwedais i.

Pasiodd fan fawr, yn gyrru'n gyflym. Wedyn stopiodd y fan gyda sgrech. Breciais i'n sydyn.

'Sorri, Mrs Smith!'

Daeth car mawr du wedyn. Stopiodd y car wrth y tacsi.

'Beth sy'n digwydd?' gofynnodd Mrs Smith, yn nerfus.

---

digwydd   *to happen*   beth sy'n digwydd? *what's happening?*

'Dw i ddim yn gwybod. Falle bod problem gyda'r fan …'

Daeth dau ddyn mas o'r fan a rhedeg at y tacsi. Agoron nhw'r drysau, a dod i mewn i'r car!

'Hei! Beth dych chi'n wneud?' protestiais i.

Pwyntiodd y dyn yn y ffrynt rywbeth ata i. Gwn!

'Gyrra!' gwaeddodd e. 'Dilyna'r fan.'

'Beth? Pwy dych chi?'

'Paid gofyn cwestiynau, jyst gyrra!'

Mewn sioc, dechreuais i yrru. Aethon ni i'r wlad. Ar ôl pum munud stopiodd y fan yn y coed. Stopiais i hefyd.

'Reit, mas!' dwedodd y dyn yn y cefn. Tynnodd e Mrs Smith mas o'r tacsi.

'Hei!' protestiais i.

'Cau dy geg!'

Cododd e'r gwn. *Crac!*

Aeth popeth yn ddu.

⊞

'Meic! Meic!' hisiodd Mrs Smith. 'Dych chi'n iawn, Meic?'

'Beth? Ow!' Rwbiais i fy mhen.

'Shh …'

'Beth ddigwyddodd?' gofynnais i.

'Dych chi'n cofio'r fan a'r dyn gyda'r gwn?'

'Beth? O, ydw, dw i'n meddwl.'

'Wel, bwriodd e chi gyda'r gwn.'

Dyna pam mae pen tost gyda fi, meddyliais i. 'Ble 'dyn ni nawr?'

rhywbeth	*something*	cau dy geg!	*shut your mouth!*
dilyn	*to follow*	gwn	*gun*
tynnu	*to pull*	bwrw	*to hit, strike*

'Mewn seler, dw i'n meddwl. Does dim ffenest. Triais i'r drws, ond agorodd e ddim.'

'Mewn seler! Ble?'

'Mewn tŷ, yn y wlad. Dw i ddim yn siŵr ble.'

'Ond pam?'

'Mae'r dynion eisiau arian.'

'Does dim arian gyda fi!'

'Ond mae arian gyda fi – wel, gyda'r busnes.'

Codais i. O, fy mhen! Cerddais i o gwmpas y seler. Wedyn triais i'r drws. Damia! Beth nawr?

Pasiodd yr amser yn araf iawn yn y seler.

'Faint o'r gloch yw hi, dych chi'n gwybod?' gofynnais i, ar ôl awr neu ddwy.

'Chwarter wedi wyth.'

'O. O diar. Dw i'n cyrraedd adre erbyn saith o'r gloch, fel arfer …'

'Dych chi'n briod, Meic?'

'Ydw. Eleri yw enw fy ngwraig. Mae hi'n trio ffonio fi, siŵr o fod. Ond mae fy ffôn yn y tacsi.'

'Oes plant gyda chi?'

'Oes, pedwar mab. Dau yn yr ysgol a dau yn y coleg. A chi?'

'Mae un gyda fi. Merch, Vicky.'

'Mae'n neis cael merch,' dwedais i.

Yn sydyn agorodd y drws. Daeth dyn i mewn. Y dyn gyda'r gwn!

'Reit, ti!' dwedodd e wrth Mrs Smith. 'Dyma bapur i ti. Ysgrifenna: "*They are going to kill me if you do not pay five million pounds. They have guns. Please pay quickly!*" Iawn? Brysia!'

---

brysio; Brysia!   *to hurry; Hurry up!*

'Iawn!' Ysgrifennodd Mrs Smith ar y papur.

'Nawr dw i eisiau ffoto ohonot ti gyda'r papur,' dwedodd y dyn. Tynnodd e lun o Mrs Smith ar ei ffôn. 'Gobeithio bydd dy gwmni'n talu. Neu bydd hi'n "Nos da" i ti a'r gyrrwr tacsi yma!'

'Mae'n flin iawn gyda fi, Meic,' dwedodd Mrs Smith ar ôl i'r dyn adael.

'Dim eich bai chi yw e, Mrs Smith.'

'Sophie yw fy enw i.'

'Iawn. Ym, Sophie, ga i ofyn, wel … oes pum miliwn o bunnau sbâr gyda'ch cwmni chi?'

'Oes, dw i'n credu. Wel, gobeithio. Peidiwch poeni.'

Peidio poeni? Ie, reit!

Arhoson ni eto. Roedd hi'n oer yn y seler.

'Tybed beth mae'r gŵr yn wneud nawr?' Dechreuodd Mrs Smith grio.

O diar, meddyliais i.

'Beth yw enw'ch gŵr?'

'David.'

'Ble dych chi'n byw? Yn Llundain?'

'Nage. 'Dyn ni'n byw yn y wlad.'

'Dw i'n dod o'r wlad yn wreiddiol,' dwedais i. 'Mab fferm dw i.'

'Dych chi wir? Mae fferm gyda ni. Mae David yn ffermio moch organig.'

Gaethon ni sgwrs fach am ffermio. Mae fy mrawd Dai'n rhedeg fferm y teulu nawr. Fferm ddefaid yw hi, yn y mynyddoedd. Hyfryd, ond does dim arian mewn ffermio defaid erbyn hyn.

'Mae'r plant yn hoffi byw yng Nghaerdydd,' dwedais i,

---

bai   *fault, blame*   tybed?   *I wonder?*

'ond dw i'n gobeithio byw yn y wlad eto, pan dw i wedi ymddeol.' Ie, os dw i'n dod mas o'r seler yma'n fyw! meddyliais i wedyn.

Codais i a cherdded o gwmpas eto, yn meddwl.

'Mrs Smith … sorri, Sophie,' dwedais i. 'Pan mae'r dynion yn agor y drws, dw i eisiau rhedeg. Chi a fi.'

'Rhedeg? Ond …'

'Dynion ofnadwy ydyn nhw. 'Dyn ni ddim yn siŵr beth maen nhw'n mynd i wneud nesa.'

'Dych chi'n iawn,' cytunodd hi.

'Reit. Rhaid i ni aros wrth y drws. Wedyn rhoi syrpréis bach iddyn nhw!'

Ar ôl amser hir agorodd y drws. Dechreuodd y dyn ddod i mewn. Ond ciciais i ei goesau. Cwympodd e. 'Wff!' Stwffiodd Mrs Smith ei sgarff yn ei geg. Lapiais i fy nhei rownd ei goesau. Clymodd Mrs Smith ei freichiau gyda'i bra.

'Reit! Bant â ni!' dwedais i.

Rhedon ni lan y grisiau. Ar y top cyrhaeddon ni'r gegin. Yna gwelais i'r dyn arall. O na!

'Hei!' gwaeddodd e.

Cododd Mrs Smith sosban o'r stof a bwrw'r dyn. Gwych! Rhedon ni mas o'r tŷ.

'Ble nawr?'

'Dim at y ffordd!' pwffiais i. 'I'r cae!'

Stopion ni am foment yn y cae, wedi blino. Yna rhedon ni ymlaen.

Ar ôl deg munud dwedodd Mrs Smith,

---

yn fyw	*alive*	clymu	*to tie*
cwympo	*to fall*	grisiau	*stairs*
lapio	*to wrap*	cae	*field*

'Dw i'n gallu gweld golau!'

'Ble? O, ie! Ffermdy yw e, siŵr o fod. Dewch ymlaen!'

Y bore wedyn ges i frecwast mawr gydag Eleri a'r ddau fab, Ieuan a Rhys. Wedyn codais i o'r bwrdd.

'Reit, dych chi eisiau lifft i'r ysgol?' gofynnais i i'r plant.

'Dwyt ti ddim yn mynd i'r gwaith, Meic, wyt ti, ar ôl neithiwr?' protestiodd Eleri.

'Ydw. Dw i eisiau gwneud pethau normal.'

Ond pan gyrhaeddais i'r swyddfa gwelais i lawer o bobl yn aros yn y stryd. Rhedon nhw at y tacsi. Fflachiodd camerâu.

Cnociodd dyn ar y ffenest. 'Mr Jones! Sut dych chi, ar ôl eich profiad ofnadwy?'

Fflach! Fflach! 'Mr Jones! Beth wnaeth yr herwgipwyr i chi?' gwaeddodd merch.

O na! Dechreuais i'r injan eto. Gyrrais i i'r stryd nesa a pharcio. Cerddais i i gefn y swyddfa.

'Meic!' meddai Delyth. 'Wyt ti'n iawn?'

Roedd y newyddion ar y radio.

'Mae'r heddlu wedi arestio gang am herwgipio Sophie Smith a gyrrwr tacsi yng Nghaerdydd. Mae Sophie Smith yn enwog am wneud ffilmiau mawr. Mae hi'n gweithio gyda sêr fel Anthony Hopkins, Julie Walters, Helen Mirren a Benedict Cumberbatch. Mae'r gyrrwr, Meic Jones, yn gweithio i gwmni Cabiau Caerdydd.'

Daeth Gareth i mewn i'r swyddfa. 'Hei, beth sy'n digwydd? Mae pobl y papurau yn y stryd!'

'Sh!' dwedodd Delyth. 'Mae Meic ar y newyddion!'

'Ha ha!' wfftiodd Gareth.

---

profiad	*experience*	herwgipwyr	*kidnappers*
herwgipio	*to kidnap, take hostage*	wfftio	*to scoff at*

58

'Wir! Glywaist ti ddim? Cododd e Sophie Smith yn ei dacsi ddoe ...'

'Sophie Smith? Ie, reit.'

'Ie. Meic, dwed y stori wrth Gareth!'

⊞

Yr wythnos wedyn ges i lythyr yn y post.

Annwyl Meic,

Sut dych chi, erbyn hyn? Yn iawn, gobeithio.

Ga i ddod i'ch gweld chi yng Nghaerdydd? Dw i eisiau diolch i chi am eich help. Mae'r gŵr, David, eisiau cwrdd â chi, hefyd.

Cofion cynnes,

Sophie Smith.

⊞

Mae Sophie a David yn dod yfory. Mae Eleri yn siopa heddiw, yn prynu ffrog newydd. Dw i'n mynd i hwfro'r tŷ, ar ôl cael paned.

Mae'r plant yn hapus iawn, iawn.

'Seléb wyt ti, Dad!' dwedodd Ieuan.

Bydd hi'n braf gweld Sophie eto, a siarad am bopeth. Ond seléb – fi? Dim diolch.

Ffrindiau yn Alabama

Ro'n i'n gwylio'r newyddion ar y teledu neithiwr. Roedd eitem am y Wales Window mewn eglwys yn Alabama. Roedd hi'n hanner canrif ers y bomio yno ym 1963. Pum deg mlynedd!

Ble mae'r amser wedi mynd?

Jenny Harris yw fy enw i. Ym 1963 ro'n i'n naw oed. Ro'n i'n byw yng Nghaerdydd, ar bwys y dociau. Mis Medi oedd hi, ac ro'n i yn nosbarth Miss Davies, yn yr ysgol.

Yn y prynhawn cerddais i adre gyda fy mrawd bach Tomos, a fy mrawd mawr Dafydd. Bob dydd ar ôl ysgol ro'n ni'n arfer cael te a bara jam (neu weithiau bara siwgr, fy hoff beth). Roedd Mam yn eistedd gyda ni ac yn gofyn am yr ysgol. Ro'n i'n mwynhau siarad â Mam am gael marciau da gan Miss Davies, neu am sgorio mewn gêm bêl-rwyd.

Pan gyrhaeddon ni adre'r prynhawn yna gaethon ni gwtsh mawr gan Mam. Wedyn gaethon ni'n te a'n bara jam. Ond roedd Mam yn darllen y papur newydd. Roedd hi'n dawel iawn. Aethon ni mas i chwarae.

Roedd llawer o blant yn byw yn ein stryd ni. Doedd dim traffig, bron, ac ro'n ni'n arfer chwarae pêl, gemau canu, sgipio a rhedeg rasys yn y stryd. Fel arfer roedd Dafydd yn chwarae gyda grŵp o fechgyn mawr. Ro'n nhw'n cicio pêl-droed, chwarae marblis neu'n reidio *go-carts* ro'n nhw'n eu gwneud o focsys orenau.

Y prynhawn yna roedd ffrindiau Dafydd yn siarad am fom yn America. Gaeth eglwys ei bomio yn Alabama,

canrif	*century*		Pêl-rwyd	*netball*

dwedon nhw. Do'n i ddim yn gwybod ble roedd Alabama. America i ni oedd ffilmiau cowbois, *I Love Lucy* a *Superman*. Cyffrous, ond dim fel lle go-iawn.

Pan gyrhaeddon ni'r tŷ roedd Dad wedi dod adre o'r gwaith. Roedd e'n siarad â Mam. Roedd e'n grac.

'Y diawliaid, yn rhoi bom mewn eglwys, ac ar ddydd Sul!'

'Hisht, Hywel!' dwedodd Mam. 'Mae'r plant yn gwrando.'

''Dyn ni'n gwybod,' dwedodd Dafydd. 'Roedd pawb yn y stryd yn siarad am y bom.'

'Pam mae pobl wedi bomio eglwys, Dad?' gofynnais i.

'Y Ku Klux Klan oedd e,' atebodd fy nhad. 'Pobl ddrwg yn America, sy ddim yn hoffi pobl ddu.'

'Pam?'

'Mae'r Ku Klux Klan yn dwp,' dwedodd Mam. 'Ond yn America maen nhw, dim yma. Felly does dim rhaid i chi boeni, iawn?'

Y bore wedyn gweddïodd Miss Davies dros y bobl yn Eglwys y Bedyddwyr, Birmingham, Alabama. Gaeth pedair merch fach eu lladd gan y bom, dwedodd hi. Ro'n nhw yn yr ysgol Sul.

Roedd hi'n sioc i ni. Ro'n ni'n mynd i'r ysgol Sul yng nghapel y Bedyddwyr. Roedd hi'n hwyl. Ro'n ni'n gwrando ar storïau, lliwio lluniau a chael diod oren a bisgedi. Doedd plant ddim yn cael eu lladd yn yr ysgol Sul!

Ar y teledu'r noson yna gwelais i luniau o'r eglwys yn Alabama. Roedd clip ffilm o rali'r Ku Klux Klan, hefyd. Roedd gwisgoedd gwyn a masgiau gyda nhw. Ro'n nhw'n

crac	*angry*	Bedyddwyr	*Baptists*
diawl(iaid)	*devil(s)*	lliwio	*to colour*
gweddïo dros	*to pray for*	gwisg(oedd)	*robe(s)*

llosgi croesau. Roedd hi fel ffilm ofnadwy, ond roedd hi'n real.

Un prynhawn, pan ddaethon ni adre o'r ysgol, roedd stori yn y *Western Mail:*

Alabama: Chance for Wales to Show the Way.

Darllenodd Mam y stori i ni. Gaeth ffenestri'r eglwys eu torri gan y bom, dwedodd y papur. Roedd artist o Gymru, Mr John Petts, eisiau gwneud ffenest newydd i'r eglwys. Roedd y *Western Mail* yn codi arian i helpu gyda'r costau.

'Bydd y ffenest yn anrheg gan bawb yng Nghymru,' dwedodd Mam. 'Bydd y bobl yn Alabama yn gwybod bod ffrindiau gyda nhw yma.'

Ro'n ni'n meddwl fod e'n syniad gwych. Ond doedd dim llawer o arian gyda ni. Esboniodd Mam fod ddim rhaid i bobl roi llawer. Roedd y *Western Mail* yn gofyn i bob person roi ychydig bach.

Roedd hi'n gyffrous pan aethon ni i roi'r arian. Roedd llawer o blant yno gyda'u ceiniogau a'u sylltau. Roedd pawb yn hapus bod ni, yng Nghymru fach, yn gwneud rhywbeth i'r bobl yn Alabama.

⊞

Chlywon ni ddim byd am y ffenest am y flwyddyn neu ddwy nesa. Ond un bore yn yr ysgol dwedodd y Prifathro fod yr artist wedi gorffen ei waith. Roedd pobl yn gallu mynd i weld y ffenest yma yng Nghaerdydd, cyn iddi hi fynd i Alabama.

llosgi	*to burn*	codi arian	*to raise money*
croes(au)	*cross(es)*	esbonio	*to explain*
torri	*to break (or cut)*	swllt (sylltau)	*shilling(s)*

Dw i'n cofio mynd i weld y Wales Window yn dda. Roedd y ffenest yn fendigedig. Roedd y lliwiau'n hyfryd: glas, porffor, gwyrdd, pinc, melyn a gwyn. Yng nghanol y ffenest roedd llun o ddyn du.

'Iesu Grist yw e, miss?' gofynnodd un o'r plant.

'Ie, dw i'n credu,' atebodd Miss Davies.

Fydd y Ku Klux Klan ofnadwy 'na ddim yn hoffi gweld Iesu Grist du mewn ffenest eglwys! meddyliais i.

Wedyn gwelais i'r geiriau ar y ffenest: 'Given by the people of Wales.'

Ro'n ni'n enwog! Gobeithio bydd y bobl yn Alabama'n hoffi'n hanrheg ni, meddyliais i.

Ar y teledu neithiwr dwedon nhw stori'r bomio a'r plant yn yr eglwys. Dwedon nhw fod y bobl yn Alabama'n hoffi'r Wales Window yn fawr iawn.

Dw i wedi bod yn meddwl. Dw i ddim wedi bod yn America erioed. Flwyddyn nesa bydda i'n cael pen-blwydd mawr (chwe deg oed!). Falle bydda i'n mynd ar wyliau. Bydda i'n ymweld â Birmingham, Alabama. Ar y dydd Sul bydda i'n eistedd yn yr eglwys gyda'r bobl yno, yn edrych ar Ffenest y Cymry.

Iesu Grist	*Jesus Christ*	Cymry	*Welsh people*

I weld llun o'r Wales Window ewch i:
www.bbc.co.uk/news/uk-wales-12692760

Y Gêm Fawr

Dw i'n mynd i weld y rygbi,
dw i'n gyffro mawr i gyd.
Dw i'n mynd i wylio Cymru
yn stadiwm gorau'r byd.

Dw i'n pacio baner Cymru
a gwisgo crys rygbi coch,
rhoi sgarff o gylch fy ngwddw
a pheintio draig ar fy moch.

Mae'r ffans yn frwd a hapus,
mae pawb yn canu'n iach
'Calon Lân' a 'Hymns and Arias',
'Cwm Rhondda' a 'Sosban Fach'.

Pan mae'r tîm yn dod trwy'r twnnel
ac yn rhedeg mas i'r cae
mae'r dorf yn mynd yn wallgof,
yn gweiddi a mwynhau.

Mae Bryn Terfel yn arwain
'Hen Wlad fy Nhadau' i ni,
a phawb yn canu 'Gwlad, gwlad!'
ond neb mor uchel â fi.

---

cyffro mawr i gyd	*all excited*	gwallgof	*mad*
o gylch	*around*	gweiddi	*to shout*
boch	*cheek*	arwain	*to lead*
brwd	*enthusiastic*	mor uchel â	*as loud as*
torf	*crowd*		

Mae'r reff yn chwythu'i chwiban
a gydag un gic fawr –
hwrê! – mae'r gêm yn dechrau
mae'r Cymry ar dân nawr.

Lloegr sy'n sgorio gyntaf
a'n criw ni'n dweud 'O, na!'
ond pan mae Cymru'n llwyddo
'dyn ni'n gweiddi 'Cais da!'

Mae Cymru wedi ennill
yn erbyn tîm y Saeson!
Nesa mae'n rhaid i ni guro
y Ffrancwyr ac Iwerddon.

Ennill yn erbyn yr Eidal
ac yna curo'r Alban,
a bydda i yma'n dathlu
pan fydd Cymru'n codi'r cwpan!

chwythu	*to blow*	cais	*a try*
chwiban	*whistle*	curo	*to beat*
ar dân	*on fire*	dathlu	*to celebrate*
llwyddo	*to succeed*		

Beth sy yn Llyn Tegid?

Del Davies yw fy enw i. Dw i'n gweithio i gwmni teledu o'r enw TVC. Un prynhawn daeth y bòs, Sioned, i siarad â fi.

'Wyt ti'n gallu mynd i'r Bala, Del?' gofynnodd hi. 'Mae pobl yn postio ar Twitter fod nhw wedi gweld yr anghenfil yn y llyn.'

'Anghenfil?'

'Ie. Tegi. Fersiwn Cymreig o'r Loch Ness Monster – yn Llyn Tegid. Nonsens yw e, siŵr o fod, ond bydd hi'n gwneud stori dda.'

Es i i'r Bala gyda Bryn, y dyn camera, yn ei fan. Roedd y tywydd yn braf ac roedd llawer o draffig ar y ffordd.

'Prynhawn Gwener yw e!' cwynodd Bryn. 'Mae pawb wedi gorffen gwaith ac yn mynd i ffwrdd am y penwythnos. Pawb ond ni!'

'O wel, bydd hi'n hyfryd wrth y llyn,' atebais i.

Ar y ffordd Gwglais i 'Tegi' ar fy ffôn.

'Does dim lluniau o'r anghenfil,' dwedais i wrth Bryn. 'Basai hi'n wych tasen ni'n gallu cael y lluniau cyntaf ohono fe!'

'Basai. Ond bydd e fel y panther 'na, y llynedd, siŵr o fod.' Yr hydref diwetha gwnaethon ni stori am bobl yn gweld panther yn y wlad. Arhosodd Bryn mewn pabell fach yn y glaw am dri diwrnod. Gaeth e lun o'r 'panther' yn y diwedd, ond dim ond ci Labrador du oedd e.

Ar lan Llyn Tegid roedd pobl yn cael picnics. Roedd menyw'n edrych ar y llyn drwy delesgop.

anghenfil	*monster*	ar lan y llyn	*on the lake shore*
pabell (pebyll)	*tents (tents)*		

'Dych chi wedi gweld rhywbeth diddorol?' gofynnais i.

'Dim eto,' atebodd hi. 'Ond mae pobl wedi gweld creadur od gyda phen mawr, ofnadwy!'

'Dw i'n nabod rhywun sy'n canŵio yn y llyn,' dwedodd dyn. 'Gwelodd e rywbeth mawr du. Wedyn yn sydyn gaeth y canŵ ei godi reit allan o'r dŵr!'

Wedyn aethon ni i weld warden y llyn.

'Dw i ddim wedi gweld dim byd fy hun,' dwedodd e. 'Gwelodd y warden diwetha greadur fel crocodeil, unwaith. Wedyn daeth cwmni teledu o Japan. Gwelon nhw rywbeth mawr ar eu sonar, dwedon nhw. Ond gaethon nhw ddim byd ar gamera.'

Aethon ni i'r dre wedyn. Yn y dafarn roedd grŵp o ddynion ifainc yn yfed cwrw ac yn siarad a jocan yn uchel.

'I Tegi! Iechyd da!'

'Del Davies dw i, o TVC,' dwedais i. 'Dych chi wedi gweld yr anghenfil?'

'Ydyn,' atebodd un. 'Ro'n ni'n pysgota'r bore 'ma. Gwelon ni anifail mawr yn y dŵr. Roedd pen bach a gwddw hir gyda fe, fel deinosor.'

Bendigedig! meddyliais i.

'Edrychodd e arnon ni!' dwedodd llanc arall. 'Y foment nesa roedd e wedi mynd.'

'Wnewch chi siarad amdano fe ar gamera?' gofynnais i.

Aethon ni'n ôl i lan y llyn i ffilmio'r dynion ifainc. Roedd y dŵr yn las ac yn bert. Doedd e ddim yn edrych fel cartre i anghenfil.

'Tegi! Dere, Tegi, dyna anghenfil da!' galwodd Bryn. Ond roedd y llyn yn dawel.

Gwnaethon ni eitem fach ar newyddion hanner awr wedi chwech. Wedyn penderfynon ni yrru o gwmpas y

---

| creadur | *creature* | gwddw | *neck* |

llyn. Roedd pobl yn mwynhau'r tywydd braf. Clywon ni lawer o storïau gwahanol. Roedd un dyn wedi bod mewn cwch pan ddechreuodd y dŵr symud.

'Roedd y dŵr yn berwi, fel dŵr mewn sosban. Yn sydyn gwelais i gefn creadur mawr iawn, fel morfil!'

'Reit,' dwedodd Bryn wrtho i wedyn. 'Mae Tegi'n edrych fel deinosor, neu fel crocodeil, neu fel morfil. Mae pen mawr gyda fe, neu ben bach, ac efallai wddw hir …'

'Drueni fod neb wedi cael llun ar ffôn symudol,' dwedais i.

'Mm. Rhaid bod Tegi'n swil.'

Roedd hi'n dechrau mynd yn dywyll erbyn hyn, felly aethon ni adre.

⊞

Ddydd Sadwrn roedd hi'n braf eto. Es i i siopa, ond roedd hi'n rhy dwym yn y dre. Meddyliais i am Lyn Tegid, a'r dŵr glas, hyfryd.

Edrychais i ar Twitter. Wedyn ffoniais i Bryn.

'Rhaid i ni fynd yn ôl i'r Bala! Mae rhywun arall wedi gweld Tegi y bore 'ma.'

'Mae'n ddydd Sadwrn!' cwynodd Bryn. 'O, wel, ro'n i'n mynd i beintio'r gegin heddiw. Bydd hyn yn esgus da.'

Roedd y Bala'n brysur iawn. Roedd pebyll a charafannau ym mhob man. Ar y dŵr roedd llawer o gychod. Ffilmion ni'r bobl ar lan y llyn. Roedd camera neu ffôn gyda phawb.

''Dyn ni'n gobeithio gweld Tegi,' dwedodd menyw. 'Mae e'n edrych fel draig, clywais i, gyda llygaid coch!'

cwch	*boat*	swil	*shy*
berwi	*boil*	tywyll	*dark*
morfil	*whale*	draig	*dragon*

68

Roedd grŵp o bobl *New Age* yn eistedd o gwmpas tân, yn canu gitarau.

'Gwrach yw Tegi, dw i'n credu,' dwedodd merch. 'Gwrach Pontrhydfendigaid. Mae hi'n gallu newid ei siâp i edrych fel anghenfil.'

'Bois bach!' dwedais i wrth Bryn. 'Dw i wedi clywed popeth nawr.'

'Mm,' cytunodd e. 'Fyddwn ni ddim yn gweld dim byd gyda'r holl bobl yma. Os oes unrhyw sens gyda Tegi, bydd e'n cuddio.'

'Bydd. Beth wnawn ni?'

'Dylen ni aros dros nos yn y fan, wedyn codi'n gynnar yn y bore. Dyna'r amser gorau i ffilmio anifeiliaid.'

'Iawn. Beth am fynd i nofio nawr?' Ro'n i'n boeth iawn.

Roedd hi'n hyfryd yn y dŵr, ond ddaeth Bryn ddim i mewn gyda fi.

'Beth os bydd Tegi'n penderfynu fod e eisiau bwyd?' dwedodd e.

⊞

Chysgais i ddim winc nos Sadwrn. Roedd Bryn yn chwyrnu fel eliffant. Am bump o'r gloch yn y bore dihunais i fe.

'Bryn! Coda! Dere ymlaen!'

Ond pan aethon ni i lawr at y llyn roedd hi'n niwlog iawn. Roedd popeth yn wyn.

'Bydd y niwl yn codi cyn bo hir, gobeithio,' dwedodd Bryn.

Roedd hi'n dawel am yr hanner awr nesa. Wedyn yn sydyn clywon ni sŵn, 'Sblash!'.

gwrach	*witch*	chwyrnu	*to snore*
cuddio	*to hide*	dihuno	*to wake up, awaken*
codi	*to get up; to lift, raise*	niwlog	*foggy, misty*

'Beth oedd hynny?' gofynnodd Bryn yn nerfus.

'Pysgodyn, efallai,' atebais i. Oedd rhywbeth yn symud yn y niwl, rhywbeth mawr?

Erbyn deg o'r gloch ro'n ni wedi blino ac yn oer. Penderfynon ni fynd i gael brecwast.

Ar ôl bwyta bacwn, wy, selsig, tomatos a ffa pob ro'n ni'n teimlo'n well. Yn y dre roedd hi'n heulog braf. Ro'n ni'n gallu gweld y mynyddoedd yn glir dan yr awyr las. Ond pan gyrhaeddon ni'r llyn roedd niwl fel blanced ar ben y dŵr.

'Mae'n od, on'd yw e?' dwedais i.

'Ydy. Sbwci,' cytunodd Bryn.

Arhoson ni yno drwy'r dydd, ond chododd y niwl ddim.

Ddiwedd y prynhawn penderfynon ni fynd adre. Doedd dim pwynt aros. Os oedd Tegi yno, doedd e ddim eisiau i ni ei ffilmio fe. Efallai'r tro nesa …

---

awyr   *sky*

Y Cwis

'Noswaith dda. Croeso, bawb!' mae Owen y tafarnwr yn dweud.

'Noswaith dda,' 'dyn ni'n ateb.

'Dych chi'n barod am y Cwis Mawr?'

'Ydyn!'

Kate Jones dw i. Dw i'n byw ym Mhant-bach. Mae tafarn dda gyda ni yn y pentre, Y Pant-bach Inn. Bob wythnos mae cwis bach yn y dafarn, gyda bocs o siocledi i'r tîm gorau. Ond bob blwyddyn ym mis Mai mae'r Cwis Mawr, gyda jacpot. Mae timau'n dod o bob tafarn yn yr ardal.

Heno yw noson y Cwis Mawr. Mae ein tîm ni ('Y Pantis') yn cyrraedd y dafarn am chwarter i saith: fi, Iolo, Nerys, Dewi a Mair (gŵr a gwraig yw Dewi a Mair).

'Noswaith dda!'

'Rwyt ti'n edrych yn dda, Kate,' mae Nerys yn dweud.

'Dw i fel eliffant!' dw i'n cwyno. 'Prop rygbi fydd y babi, dw i'n siŵr.'

'Pryd wyt ti'n disgwyl y babi?' mae Iolo'n gofyn.

'Canol mis Mehefin,' dw i'n ateb. 'Ac mae 'brên babi' gyda fi, sorri, bawb. Dw i ddim yn mynd i ateb dim un cwestiwn heno, dw i'n siŵr!'

'Twt!' mae Mair yn dweud. ''Dyn ni'n dibynnu arnat ti.'

Mae pawb ond fi'n cael brandi 'at eu nerfau'. Dw i'n cael sudd oren a dau rolyn selsig mawr. (Wel, mae'r babi angen bwyd hefyd!)

---

disgwyl	*to expect*	dibynnu ar	*to depend on*

'Reit. Rownd un: Teledu. Cwestiwn un: Ble mae tafarn y Rovers Return?'

'*Coronation Street*,' mae Nerys yn sibrwd. Mae Dewi'n ysgrifennu'r ateb ar ein papur cwis.

'Cwestiwn dau: Yn y rhaglen *Pobol y Cwm*, beth yw enw'r cwm?'

Wrth lwc, dw i'n hoffi gwylio *Pobol y Cwm*.

'Cwestiwn tri: Pa actor sy'n chwarae Detectif Cwnstabl Tom Mathias yn *Y Gwyll* (neu *Hinterland*, yn Saesneg, ar y BBC) ar S4C?

Yn sydyn mae fy ffôn yn canu. Mae e'n chwarae tiwn 'Hen Wlad fy Nhadau' yn uchel iawn. Wps! 'Sorri, sorri, sorri,' dw i'n dweud, yn trio ffeindio'r ffôn yn fy mag.

'Dim ffonau yn ystod y cwis!' mae Owen yn dweud.

'Dw i'n gwybod. Sorri …'

'Cwestiwn pedwar: Beth yw teitl y rhaglen deledu am gerdded gyda Derek Brockway?'

'O, dw i'n hoffi Derek,' mae Mair yn dweud.

'O, wyt ti?' mae Dewi'n gofyn. 'Reit!'

Mae'r Pantis yn cael naw pwynt yn rownd un. Mae'r Llewod (tîm tafarn y Llew Coch) a'r Dyffers (tîm tafarn yr Angel, Dyffryn Glas) yn cael wyth pwynt yr un. Mae'r Moch (tîm y Mochyn Du) yn cael dim ond saith pwynt. Tîm ffantastig ydyn nhw, fel arfer, felly 'dyn ni'n hapus iawn!

Mae ein problemau'n dechrau yn rownd dau. Y pwnc yw 'Y Byd'.

'Cwestiwn un: Beth yw enw prifddinas Awstralia?' mae Owen yn gofyn.

'Sydney,' mae Dewi'n dweud.

sibrwd	*to whisper*	y byd	*the world*
yn ystod	*during*		

'Na, dim Sydney. Melbourne, dw i'n credu,' mae Mair yn dadlau.

Dw i ddim yn siŵr. 'Brisbane yw hi, falle?'

'Twt!' Mae Dewi'n ysgrifennu 'Sydney' ar ein papur cwis.

'Cwestiwn dau: Ble mae'r Victoria Falls?'

'Yng Nghanada, dw i'n credu,' mae Mair yn dweud.

'Canada? Niagara Falls sy yng Nghanada!' mae Dewi'n wfftio. 'Mae Victoria Falls yn Affrica, wrth gwrs.'

'Iawn, Mr Clyfar. Ble yn Affrica, 'te?'

O diar, dyw Dewi a Mair ddim yn hapus! dw i'n meddwl. Beth sy'n bod? Ydyn nhw wedi cael ffrae?

'Cwestiwn tri: Beth yw'r afon hiraf yn y byd?'

'Yr Amazon?' dw i'n sibrwd.

'Nage, dim yr Amazon yw hi, dw i ddim yn meddwl,' mae Nerys yn ateb.

''Dyn ni'n cael pum pwynt yn rownd dau. Ofnadwy! Mae'r Moch yn cael naw pwynt, a'r Dyffers wyth. Rhaid i ni wneud yn well yn rownd tri.

'Chwaraeon nesa,' mae Owen yn dweud. 'Un: Beth yw enw'r stadiwm pêl-droed yn Abertawe?'

'O na, dim pêl-droed!' mae Mair yn dweud.

'Cwestiwn dau: 'Beth mae Nicole Cooke yn wneud?'

Aha! Dw i wedi gweld Nicole Cooke yn rasio.

'Cwestiwn tri: Pwy yw'r ferch o Gymru sy'n seren taekwondo?' mae Owen yn gofyn. 'Enillodd hi fedal aur yn y Gemau Olympaidd yn Llundain.'

'Jones yw ei henw hi, dw i'n credu,' mae Nerys yn dweud. 'Ond dw i ddim yn cofio ei henw cyntaf hi.'

'Catrin? Sali? Siân? Bethan? Angharad?' 'dyn ni'n trio.

| dadlau | *to argue* | ffrae | *a row, argument* |

'Cwestiwn pedwar: 'O ble mae tîm rygbi'r Sgarlets yn dod?'

'Duwcs, rygbi nawr!' mae Mair yn protestio.

'Sh, Mair! 'Dyn ni'n ceisio meddwl am y cwestiynau!' mae Dewi'n dweud.

'O, sorri, dw i'n siŵr!'

Dyw Dewi a Mair ddim yn lot o help heno! dw i'n meddwl.

Diolch i Iolo a Nerys, 'dyn ni'n gwneud yn dda yn y rownd nesa, rownd Hanes. Mae hi'n hanner amser wedyn. Ffiw! Dw i wedi blino.

Dyma'r sgorau gorau ar ôl rownd pedwar:

1. Y Moch: tri deg dau
2. Y Dyffers: tri deg
3. Ni (Y Pantis): dau ddeg wyth
4. Y Llewod: dau ddeg saith

Dw i'n mynd i'r tŷ bach. Mae Mair wrth y sinc, yn sblasio ei hwyneb.

'Wyt ti'n iawn, Mair?'

'Ydw, diolch,' mae hi'n sniffio.

'Ydy popeth yn iawn gyda ti a Dewi?'

'Nac ydy. Gaethon ni ffrae ofnadwy ddoe. 'Dyn ni ddim yn siarad heddiw.' Mae hi'n dechrau crio.

'Paid crio, Mair!' dw i'n dweud. 'Rwyt ti a Dewi'n ffraeo bob wythnos, bron. Ond wedyn dych chi'n cael cwtsh a dych chi'n hapus eto.'

'Ie, wel, rhaid iddo fe ddweud "sorri".'

Dw i'n mynd yn ôl i'r bar. Mae'r Moch wrth y cownter yn yfed wisgi, yn dweud jôcs ac yn gweiddi, 'Iechyd da!'. Hy! Mae Dewi ar ei ben ei hun, yn yfed peint.

'Mae Mair yn y tŷ bach, yn crio,' dw i'n dweud wrth

Dewi. 'Dych chi ddim yn gallu bod yn ffrindiau eto, eich dau?'

'Dw i'n aros iddi hi ddweud "sorri", yn gyntaf,' mae e'n ateb.

O diar.

'Reit, bawb! Amser dechrau eto,' mae Owen yn galw. 'Rownd pump: Cymru.'

'Da iawn!' mae Iolo'n dweud.

'Cwestiwn un: Ble mae Tre'r Llyfrau?'

'Dw i'n gwybod,' mae Nerys yn dweud. 'Es i yno i glywed Stephen Hawking yn siarad.'

'Cwestiwn dau: Beth yw enw'r darn o ddŵr rhwng gogledd Cymru ac Ynys Môn?'

Mae Iolo'n dod o Ynys Môn yn wreiddiol, wrth lwc.

'Cwestiwn tri: Pwy yw nawddsant cariadon Cymru?'

'Beth?' dw i'n sibrwd.

'Fel St Valentine, ond yng Nghymru,' mae Mair yn ateb.

'Nonsens sentimental!' mae Dewi'n dweud.

'O reit!' mae Mair yn dweud. 'Dwyt ti ddim eisiau brecwast rhamantus yn y gwely, flwyddyn nesa, 'te!'

'Plis, Dewi a Mair, peidiwch ffraeo!' dw i'n pledio. 'Mae'r Moch yn mynd i ennill os 'dyn ni ddim yn siapo!'

'Ie,' mae Nerys yn cytuno. 'Ac maen nhw'n mynd ar fy nerfau, yn meddwl bod nhw'n gwybod popeth!'

'Iawn, sorri,' mae Dewi'n ateb.

'Ie, sorri,' mae Mair yn cytuno.

'Cwestiwn pedwar: Ble mae Amgueddfa Lechi Cymru?'

'Aethon ni â'r plant yno. Mae'n wych,' dwedais i.

---

nawddsant	*patron saint*	Amgueddfa Lechi	*Welsh Slate*
siapo	*to shape up*	Cymru	*Museum*

Ar ôl y cwestiwn nesa mae Iolo'n sibrwd, 'O diar, rhaid i fi fynd i'r tŷ bach mewn munud.'

'Dim yng nghanol y rownd,' dw i'n protestio.

'Dw i ddim yn gallu aros lot mwy.'

'Croesa dy goesau – dyna beth dw i'n wneud!'

'Iawn, tria i.'

'Cwestiwn pump: O ble roedd Aneurin Bevan yn dod yn wreiddiol?'

'Dyn ni ddim yn siŵr. 'Dyn ni'n cael saith pwynt yn y rownd – dim digon!

Dw i'n hoffi'r rownd nesa – bwyd. 'Dyn ni'n cael taflen gydag enwau bwydydd, fel: **B _ r_ B _ i _**. Rhaid i ni lenwi'r bylchau yn y geiriau.

'Bara brith!' mae Mair yn dweud.

Mm, dw i'n ffansïo bara brith nawr, dw i'n meddwl. (Dw i'n ffansïo bwyd drwy'r amser, a bod yn onest.)

Yr un nesa yw **C _ w_ C _ e _ ff _ l _**

'Cawl Caerffili,' mae Dewi'n dweud.

'*Cawl* Caerffili?' mae Iolo'n gofyn.

Y bwydydd eraill yw:

H _ f _ n I _ (Ie, plis! dw i'n meddwl.)

B _ e _ d _ n H _ m

P _ s _ o _

S _ l _ d _ o _ (Mm, gyda finegr, halen a saws coch.)

C _ w I _ r

P _ d _ n (Ww … reis, falle.)

T _ i _ e _ (Ie, un siocled, neu lemwn, neu ffrwythau …)

Ar ôl i'r rownd orffen dw i'n rhedeg at y bar.

'Brechdan gaws a phicl, os gwelwch yn dda. A lemonêd. O, a gercin mawr. A dau baced o greision halen a finegr.'

Ein sgôr ni ar ôl chwe rownd yw pedwar deg chwech.

Mae'r Moch ar bedwar deg wyth, y Dyffers ar bedwar deg pump, a'r Llewod ar bedwar deg tri. Y rownd nesa yw'r un olaf. Rhaid i ni gael sgôr perffaith!

'Iawn, bawb. Barod am y rownd olaf?' mae Owen yn gofyn. 'Y pwnc yw cerddoriaeth.'

Grêt! dw i'n meddwl. Dw i'n hoffi cerddoriaeth o bob math.

'Reit, cwestiwn un: Pwy sy'n canu "Hymns and Arias"?'

Yn sydyn dw i'n cael poen. 'Ow!'

'Beth sy'n bod, Kate?' mae Nerys yn gofyn.

'Bola tost. Www!'

'Y babi'n cicio yw e?' mae Iolo'n gofyn.

'Falle. Mae'n gwneud taekwondo, dw i'n meddwl!'

'Cwestiwn dau: Pwy ysgrifennodd y *Messiah*?' mae Owen yn gofyn.

'Ow!'

'Dwyt ti ddim yn mynd i gael y babi yma, Kate, wyt ti?' mae Dewi'n gofyn mewn panic.

'Nac ydw, siŵr! Wel, gobeithio ddim,' dw i'n ateb. 'Peidiwch poeni. Rhaid i ni ateb y cwestiynau!'

'Cwestiwn tri: Beth yw enw'r canwr opera bas-bariton enwog o Wynedd?'

'Aled Jones?' mae Iolo'n dweud.

'Nage … Ow!' dw i'n rhwbio fy mola.

'Gwynt yw'r broblem, siŵr o fod, Kate!' mae Nerys yn dweud. 'Ar ôl y rholiau selsig a'r picls a'r creision a'r lemonêd a phopeth.'

'Cwestiwn pedwar: Pa offeryn mae Catrin Finch yn chwarae?' mae Owen yn gofyn.

'Www! Sorri, bawb.' Dw i'n codi. 'Rhaid i fi fynd!'

---

offeryn   *instrument*

Ar ôl cerdded o gwmpas y maes parcio am ddeg munud dw i'n teimlo'n well. Ond pan dw i'n mynd yn ôl i'r bar dw i'n cael sioc. Mae ffrae ofnadwy yn mynd ymlaen.

'Maen nhw'n twyllo!' mae Gareth Harris o'r Dyffers yn gweiddi. 'Gwelais i fe'n edrych ar ei ffôn!' Mae e'n pwyntio at un o'r Moch. 'Yn Gwglo'r cwestiwn ar-lein, mae'n siŵr!'

'Does dim ffôn gyda fi yma!' mae'r dyn yn protestio. 'Felly sut dw i'n gallu edrych ar Gwgl?'

'Does dim rhaid i ni edrych ar-lein, beth bynnag,' mae capten y Moch yn dweud. ''Dyn ni'n gwybod yr atebion i gyd.'

'O, ydych chi wir?' mae Gareth yn dweud yn sarcastig.

'Sh, bawb, plis,' mae Owen yn dweud. 'Dyma'r sgorau ar ôl y saith rownd: Y Moch pum deg wyth, Y Pantis pum deg pedwar, Y Dyffers pum deg tri, Y Llewod pum deg un ...'

Yn sydyn mae ffôn yn canu. Mae pawb yn edrych ar y dyn o'r Moch. Mae ei wyneb yn goch.

'Mae'r ffôn yn ei boced!' mae un o'r Dyffers yn gweiddi.

'Siampên i ni, felly!' mae Dewi'n dweud. 'Sudd oren i ti, Kate?'

'Diolch.'

'Paced o greision?'

'Na ... O, ocê, 'te. Caws a wynwns, plis.'Dyn ni'n dathlu, wedi'r cyfan!'

O.N. Ces i'r babi ar 16 Mehefin – merch fach, Seren Haf, 7 pwys 2 owns. (Mae hi'n mynd i ganu opera, dw i'n credu – mae llais uchel iawn gyda hi!)

| wedi'r cyfan | *after all* | llais | *voice* |

Atebion cwestiynau'r cwis:

Rownd 1: Teledu
2. Yn y rhaglen *Pobol y Cwm*, beth yw enw'r cwm?
   Cwmderi.
3. Pa actor sy'n chwarae Detectif Cwnstabl Tom
   Mathias yn *Y Gwyll* (neu *Hinterland*, yn Saesneg ar
   BBC) ar S4C?
   Richard Harrington.
4. Beth yw teitl y rhaglen deledu am gerdded gyda
   Derek Brockway?
   Weatherman Walking

Rownd 2: Y Byd
1. Beth yw enw Prifddinas Awstralia?
   Canberra
2. Ble mae'r Victoria Falls?
   Y ffin (*border*) rhwng Zambia a Zimbabwe
3. Beth yw'r afon hiraf yn y byd?
   Afon Nîl (*The Nile*)

Rownd 3: Chwaraeon
1. Beth yw enw'r stadiwm pêl-droed yn Abertawe?
   Liberty.
2. Beth mae Nicole Cooke yn gwneud?
   Seiclo.
3. Pwy yw'r ferch o Gymru sy'n seren taekwondo?
   Jade Jones. Enillodd hi fedal aur yn y Gemau
   Olympaidd yn Llundain.
4. O ble mae tîm rygbi'r Sgarlets yn dod?
   Llanelli.

Rownd 5: Cymru
1. Ble mae Tre'r Llyfrau?
   Y Gelli Gandryll *(Hay-on-Wye)*.
2. Beth yw enw'r darn o ddŵr rhwng gogledd Cymru ac Ynys Môn?
   Afon Menai.
3. Pwy yw nawddsant cariadon Cymru?
   Santes Dwynwen.
4. Ble mae Amgueddfa Lechi Cymru?
   Llanberis.
5. O ble roedd Aneurin Bevan yn dod yn wreiddiol?
   Tredegar.

Rownd 6: Bwyd
Caws Caerffili
Hufen Iâ
Brechdan Ham
Pysgod
Sglodion
Cyw Iâr
Pwdin
Teisen

Rownd 7: Cerddoriaeth
1. Pwy sy'n canu 'Hymns and Arias'?
   Max Boyce.
2. Pwy ysgrifennodd y *Messiah*?
   Handel.
3. Beth yw enw'r canwr opera bas-bariton enwog o Wynedd?
   Bryn Terfel.
4. Pa offeryn mae Catrin Finch yn chwarae?
   Y delyn.

Teigr

Mae pobl yn od iawn, dw i'n meddwl.

Wrth lwc, cath dw i. Teigr yw fy enw i. (Dych chi'n gwybod fy enw, siŵr o fod. Dw i'n enwog. Dw i wedi bod yn y papur ac ar y teledu.)

Dw i'n byw gyda theulu hyfryd – Gareth a Helen Thomas, a'r plant Betsan a Ieuan. Cyn dod i fyw gyda nhw ro'n i yng Nghanolfan yr RSPCA, Porthnewydd. Cyn hynny ro'n i'n byw ar y stryd ac yn cysgu mewn hen ffatri. Dw i'n hoffi byw mewn tŷ braf fel hwn. Mae gwres yma, carpedi, soffas, gwelyau … mae'n gyfforddus iawn.

'O Teigr, paid mynd ar y gwely! Rwyt ti'n gadael mwd a ffwr ar y cwilt,' mae Helen yn cwyno weithiau.

'Prrr, prrr,' dw i'n ateb, a rhwbio fy mhen yn erbyn ei dwylo.

'O wel, os wyt ti'n hapus yno,' mae Helen yn dweud wedyn.

Dw i'n hoffi pobl. Ond maen nhw'n gwneud pethau od, fel edrych ar sgriniau drwy'r amser. Diflas iawn. Wedyn maen nhw'n dweud, 'Dw i wedi blino,' a 'Dw i mor brysur!'!

Maen nhw'n hoffi pethau ofnadwy, hefyd, fel cael baths a chawodydd. Ymolchi mewn dŵr … dim diolch!

'Aaa, Teigr bach,' mae'r plant yn dweud pan dw i'n ymolchi. 'Edrycha, Mami, mae Teigr yn golchi'i wyneb gyda'i bawen!'

Wel, wrth gwrs mod i! Mae côt hyfryd gyda fi. Ffwr cynnes, meddal. Streipiau du a brown. Smart iawn,

gwres	*heating*	dwylo	*hands*
cyfforddus	*comfortable*	cawod(ydd)	*shower(s)*
yn erbyn	*against*	pawen	*paw*

os ca i ddweud. Dw i'n golchi fy nghôt bob dydd, bore prynhawn a nos. (Does dim ffwr gyda phobl, druan, wrth gwrs. Brrr. Ac os ydyn nhw'n dechrau tyfu ffwr, maen nhw'n ei siafio fe!)

Fel cath, rhaid i chi ddysgu lot i'ch teulu. Hyfforddi nhw. Er enghraifft, maen nhw'n agor y drws i fi pan dw i'n edrych ar yr handlen. Eitha clyfar, chwarae teg iddyn nhw. Dw i wedi dysgu nhw am yr hwfer, hefyd. (Y peth swnllyd, ofnadwy – fel cath mewn poen!) Maen nhw'n hwfro pan dw i yn yr ardd.

Mae pobl yn bwyta ac yfed pethau od hefyd. Llysiau. Frwythau, cyrri, sudd oren. Ych a fi! Roedd fy nheulu i'n arfer yfed llaeth sgim. Roedd e fel dŵr. Dw i wedi dysgu nhw i gael llaeth cyflawn. Mm! Trion nhw roi bwyd cath o siop Costslashers i fi, hefyd. Triais i'r grefi, wedyn gadael y stwff ofnadwy yn y bowlen. Maen nhw'n prynu tuniau bwyd *gourmet* nawr. Blasus iawn.

Mae bwyd tun yn iawn, ond weithiau dw i'n hoffi cael bwyd ffres hefyd. Ond y ffŷs pan dw i'n dod adre!

'O, Teigr, rwyt ti wedi dal robin goch. Y gath ddrwg!'

Drwg? Maen nhw'n bwyta adar hefyd – twrci, cyw iâr, a gŵydd i'r Nadolig – on'd ydyn nhw?

Dw i'n help mawr i'r teulu. Maen nhw'n mynd mas drwy'r dydd. Dw i'n aros gartre a gofalu am y tŷ a'r ardd. Gwneud yn siŵr fod popeth yn iawn.

Dw i ddim yn gwybod beth yw 'gwaith' nac 'ysgol', ond dim pethau da ydyn nhw, dw i'n siŵr. Pan mae'r teulu'n dod adre maen nhw wedi blino ac yn *stressed*. Dw

os ca i ddweud	*if I may say so*	mewn poen	*in pain*
tyfu	*to grow*	llaeth cyflawn	*full-cream milk*
siafio	*to shave*	dal	*to catch*
hyfforddi	*to train*	aderyn / adar	*bird / birds*
er enghraifft	*for example*	gŵydd	*goose*
swnllyd	*noisy*		

i'n therapi iddyn nhw. Dw i'n eistedd ar eu gliniau. Maen nhw'n ymlacio wrth anwesu fy ffwr. Maen nhw'n hoffi pan dw i'n canu grwndi hefyd.

'O Teigr, rwyt ti'n lwcus iawn!' mae Gareth yn dweud. 'Dwyt ti ddim yn poeni am bethau. Ddim yn mynd i'r gwaith. Jyst ymlacio, cysgu, gwneud beth bynnag rwyt ti eisiau …'

Wel, mae'n wir, dw i'n mwynhau bywyd. Ond dw i'n brysur, hefyd. Rhaid i fi fynd allan bob dydd a nos i farcio fy nhiriogaeth. Stopio cathod eraill rhag dod i mewn. Dw i ddim yn ymladd lot, ond weithiau rhaid i fi ddangos pwy yw'r bòs ar y stryd 'ma.

Pan mae'n braf dw i'n eistedd ar ben y garej, yn gwylio pawb yn mynd a dod. Dw i'n ymweld â Mrs Prys drws nesa wedyn. Mae hi'n hoffi rhoi cwtsh a soser o laeth i fi. Rhaid i fi ymarfer fy sgiliau hela, hefyd, wrth gwrs. Ac weithiau dw i'n mynd i weld Lucy, y gath ddu, bert sy'n byw rownd y gornel.

Pan dw i'n dod adre dw i'n ymolchi, wedyn yn cael nap. Mae cwsg yn bwysig. Dw i'n cysgu un deg chwech awr bob dydd, os yn bosib.

'O na, saith o'r gloch!' mae Gareth yn cwyno bob bore. 'Dw i ddim eisiau codi.'

Wel, os wyt ti *yn* mynd i'r gwely am hanner nos …! dw i'n meddwl.

Felly dyma fi, yn byw'n hapus gyda fy nheulu. Bywyd normal, tawel. Ond wedyn digwyddodd rhywbeth. A nawr dw i'n enwog.

---

glin(iau)	*lap(s)*	ymladd	*to fight*
anwesu	*to stroke*	dangos	*to show*
canu grwndi	*to purr*	hela	*to hunt*
beth bynnag	*whatever*	bywyd	*life*
tiriogaeth	*territory*		

Tua mis yn ôl oedd hi. Canol y bore. Roedd y teulu mas. Ro'n i yn y lolfa, yn eistedd ar silff y ffenest, yn edrych ar y stryd.

Gwyliais i'r traffig. Cerddodd dau o bobl heibio gyda bagiau siopa. Yna gwelais i aderyn ar y ffens. Titw tomos las, mm … Ond hedfanodd e i ffwrdd. Damo!

Wedyn daeth y gath fawr, oren o'r stryd nesa i mewn i'r ardd ffrynt. Hy! Hisiais i. Edrychodd y gath ar y ffenest, gweld fi a rhedeg i ffwrdd. Da iawn.

Dim ond traffig, wedyn. Diflas. Golchais i fy wyneb a fy nghlustiau, yna ces i nap bach. Ond dihunais i'n sydyn. Roedd dyn yn cerdded lan y dreif at y tŷ. Pwy oedd e?

Agorodd y dyn y gât. Daeth e at y drws cefn. Aha! meddyliais i. Weithiau mae ffrindiau Gareth a Helen yn dod i'r tŷ i roi bwyd i fi. Ro'n i'n ffansïo tamaid bach i'w fwyta. Neidiais i lawr o'r silff ffenest. Es i i'r gegin.

Agorodd y drws cefn a daeth y dyn i mewn. Cerddais i ato fe, a rhwbio fy hun yn erbyn ei goesau.

'Prrr, prrrr.'

'Cer o 'ma, y gath dwp!' gwaeddodd y dyn. Yna ciciodd e fi!

'Iaww!' sgrechiais i. Rhedais i mas o'r gegin a lan y grisiau.

Stopiais i ar y landin. Eisteddais i lawr. Edrychais i rhwng y *banisters*. Roedd y dyn yn y lolfa, yn cerdded o gwmpas. Clywais i fe'n agor y cwpwrdd. Pwy yw e, a beth mae e'n wneud? meddyliais i. Dim ffrind i'r teulu yw e, mae'n siŵr. Y diawl cas, yn cicio fi!

Wedyn daeth y dyn mas o'r lolfa a dechrau cerdded lan y grisiau. Arhosais i'n dawel ar y landin. Pan welais i ben

titw tomos las	*bluetit*	Cer o 'ma!	*Go away! Get out*
tamaid bach	*a little something,*		*of here!*
	a morsel	diawl	*devil*

y dyn rhwng y *banisters* codais i fy mhawen. Yna'n sydyn crafais i ei wyneb.

'Ow!' sgrechiodd y dyn. Cyrhaeddodd e'r landin. 'Dere 'ma, y basdad bach!'

Ond rhedais i heibio ac i lawr y grisiau. Mas â fi drwy'r fflap cath, Bang! Lan y ffens a neidio i ben y garej.

Ar ôl munud clywais i Mrs Prys drws nesa yn galw.

'Teigr! Wyt ti eisiau llaeth?' Ond es i ddim i lawr o'r garej.

'Teigr? Beth sy'n bod?' gofynnodd Mrs Prys. 'Dwyt ti ddim eisiau cwtsh heddiw?'

Yn sydyn, agorodd drws cefn ein tŷ ni. Daeth y dyn mas. Roedd e'n cario bag mawr.

'Ssss,' hisiais i.

Edrychodd Mrs Prys ar y dyn.

'Esgusodwch fi,' dwedodd hi. 'Pwy dych chi?'

'Meindia dy fusnes!' atebodd e.

Cath y stryd dw i, yn wreiddiol, cofiwch. Ro'n i'n barod. Cerddodd y dyn heibio'r garej. Neidiais i ar ei ben. Crafangau mas.

'Aaa!' Gollyngodd y dyn y bag.

⊞

'Paid eistedd ar y papur, Teigr,' dwedodd Helen y diwrnod wedyn. 'Dw i eisiau ei weld. Edrycha, mae stori amdanat ti!'

Dechreuodd hi ddarllen o'r *Western Mail*. "*Have-a-go Hero Cat Foils Burglary! A would-be burglar got more than he bargained for when brave tabby, Tiger, prevented him from escaping with his loot ...*" Rwyt ti'n enwog, Teigr!'

crafu	*to scratch*	crafangau	*claws*
neidio	*to jump*	gollwng	*to drop*

85

Wedyn roedd y stori ar y teledu. Roedd llun ohono i, hefyd. (Ro'n i'n edrych yn olygus iawn, rhaid i fi ddweud.)

Penderfynodd y grŵp Neighbourhood Watch lleol roi gwobr i fi. Roedd seremoni yn ein gardd ffrynt, gyda fi, y teulu, y cymdogion a phobl o'r papurau.

Rhoddon nhw rolyn o bapur i fi.

'Tystysgrif yw hi, Teigr,' dwedodd Gareth.

Beth? meddyliais i.

Ces i barsel, wedyn. Mm, diddorol ...

'Coler yw e, Mami, edrycha!' dwedodd Ieuan.

Rhoddodd Helen y coler am fy ngwddw. Coler glas gyda chloch. Yr embaras! Roedd pawb eisiau tynnu hunlun gyda fi'n gwisgo'r coler ofnadwy, ond rhedais i i ffwrdd.

Tynnais i'r coler yn syth, a'i adael yn y mwd. Chwaraeais i gyda'r rholyn o bapur am funud, ond roedd hi'n ddiflas. Gwobr? meddyliais i. Tystysgrif a choler! Ble mae'r pysgod? Ble mae'r hufen? Mae pobl yn od iawn.

Yna cofiais am yr ham yn yr oergell. Es i i eistedd yn y gegin. Edrychais i ar Helen.

'Aaa, Teigr, wyt ti eisiau trît?' gofynnodd hi. Agorodd hi ddrws yr oergell. 'Ham neu samwn?'

gwobr	*reward, prize*	samwn	*salmon*
tystysgrif	*certificate*	hunlun	*selfie*
cloch	*a bell*		

Y Siop Lyfrau

Mae'r post yn cyrraedd. Dw i'n rhedeg at y drws ffrynt. Biliau, taflen Domino's Pizzas … a llythyr oddi wrth lyfrgell Caerddewi – gwych!

'Annwyl Ms Siân Parry,' dw i'n darllen. 'Diolch am ddod am gyfweliad yr wythnos diwetha. Mae'n ddrwg gyda fi, ond …'

'O, damia!' dw i'n dweud.

Dw i'n ddi-waith ar ôl colli fy swydd yn y llyfrgell. Caeodd llyfrgell Llanbedr-y-llyn saith mis yn ôl. Dw i'n trio am bob swydd bosib, ond dim lwc eto. Dw i'n gallu papuro'r tŷ gyda llythyrau'n dweud 'Diolch, ond dim diolch'!

Ar ôl cael paned o goffi dw i'n mynd i'r dre. Rhaid i fi brynu siwmper ysgol i fy mab, Steffan. Mae Steffan yn tyfu fel jiráff ar steroids. (Mae e'n bwyta fel un, hefyd.) Wedyn dw i'n mynd i siop Llyfrau Llanbedr, i brynu anrheg ben-blwydd i fy merch, Eluned.

Yn ffenest y siop mae poster: 'Sêl! Rhaid i bopeth fynd!'

'Bore da, Mr Jones,' dw i'n dweud. 'Sut dych chi a Mrs Jones?'

'Gweddol, diolch, Siân. Ond 'dyn ni'n cau'r siop.'

'Cau'r siop! Ond pam?'

''Dyn ni'n mynd yn hen. Mae'n amser i ni ymddeol.'

'Ond beth am gael pobl newydd i redeg y siop?'

''Dyn ni ddim yn gallu gwerthu'r busnes, dyna'r broblem,' mae Mr Jones yn ateb. 'Dyw pobl ddim eisiau prynu siop lyfrau fach y dyddiau 'ma.'

---

cyfweliad   *interview*   gwerthu   *to sell*

'Mae'n drueni mawr, Mr Jones.'

Dw i'n ffansïo cadw siop lyfrau, dw i'n meddwl wedyn. Ond dw i ddim yn gwybod dim byd am redeg busnes. Does dim arian gyda fi, chwaith!

Ddydd Sul mae'r teulu'n dod i'r tŷ i barti pen-blwydd Eluned. (Deg oed – fy merch fach i! Ble mae'r amser yn mynd?) Mae fy mam yno, fy chwaer Rhian a'i gŵr hi, James. Mae fy mrawd Gethin a'i bartner Bryn yn gyrru lan o Aberteifi.

Ar ôl y gemau parti a'r deisen ben-blwydd 'dyn ni'n eistedd yn y gegin. Mae Owen yn agor potelaid o win coch.

'Mm, hyfryd. Dw i wedi blino,' mae Rhian yn dweud. 'Mae gormod o egni gyda phlant!'

'Dyn ni'n siarad am newyddion y teulu. Wedyn dw i'n dweud, 'Mae Llyfrau Llanbedr yn cau. Drueni, on'd yw hi?'

'Mae'n ofnadwy!' mae Mam yn cytuno. 'Does dim siop arall yn gwerthu llyfrau Cymraeg. Dw i'n gweld ffrindiau yn y siop, fel arfer, hefyd. O, mae'n biti mawr.'

'Os dw i'n ennill y Loteri, dw i'n mynd i brynu'r siop!' dw i'n jocan.

'Dwyt ti ddim yn gwneud y Loteri, Mam,' mae Steffan yn protestio.

'Yn Aberteifi caeodd y siop lyfrau,' mae Bryn yn dweud. 'Ond wedyn prynodd grŵp o bobl leol y busnes. Maen nhw'n gwneud yn eitha da, dw i'n credu.'

Mm, diddorol, dw i'n meddwl.

Ddydd Llun dw i'n mynd i'r siop eto.

'Ga i ofyn cwestiwn, Mr Jones? Faint yw pris y busnes?'

| cadw | *to keep* | egni | *energy* |

'Wel, 'dyn ni ddim yn gofyn arian mawr, Siân. Dyw'r busnes ddim yn gwneud yn dda, ti'n gweld. A 'dyn ni'n rhentu'r adeilad.'

'Reit, diolch. Dw i'n mynd i siarad â ffrindiau,' dw i'n dweud. 'Falle bydd hi'n bosib i grŵp o bobl brynu'r busnes.'

'Gobeithio, wir, Siân.'

Dw i'n e-bostio pawb dw i'n nabod am y siop. Dw i'n ysgrifennu hysbyseb i'r papur, hefyd:

Dych Chi'n Hoffi Darllen?
Does dim llyfrgell yn Llanbedr-y-llyn.
Nawr mae ein siop lyfrau'n cau.
Helpwch achub Llyfrau Llanbedr!
Cyfarfod yn yr ysgol, nos Iau, 7 y. h.

Ddydd Iau dw i'n nerfus iawn. Beth dw i'n wneud? Person swil dw i. Dw i ddim yn hoffi siarad â grŵp mawr o bobl.

Dw i'n cyrraedd yr ysgol am chwech o'r gloch a rhoi'r boeler ymlaen i wneud te. Mae fy mam yn dod nesa, gyda tun mawr o bice bach.

'Hyfryd Mam, diolch.'

Am ddeg munud i saith mae dyn yn dod i mewn.

'Noswaith dda. Croeso!' dw i'n dweud.

'Y dosbarth gitâr yw hwn?' mae'r dyn yn gofyn.

O diar.

Ond erbyn pum munud wedi saith mae ugain o bobl yn y neuadd. Gwych!

'Dyn ni'n siarad am ddwy awr am y siop lyfrau, a beth i'w wneud. Mae pawb eisiau achub y siop. 'Dyn ni'n penderfynu ffurfio grŵp gwaith: fi, Mam, a Huw a Sioned o'r llyfrgell. Hefyd Meirion (bardd, sy'n edrych fel

| hysbyseb | *advertisement* | pice bach | *Welsh cakes* |
| achub | *to save* | ffurfio | *to form* |

gorila), Owen y Post (mae e'n gwybod am arian a busnes – gwych!), Betsan (artist), a Cerys y Coed (mae hi'n byw mewn hen gaban yn y coed ac yn astudio ecoleg – boncyrs ond neis iawn.)

'Rhaid i ni godi arian,' mae Sioned yn dweud.

'Beth am redeg marathon, neu seiclo o gwmpas Cymru, neu rywbeth?' mae Mam yn awgrymu.

'Bobl bach, Mam!'

'Beth? Dych chi byth yn rhy hen!'

Mae fy mam yn saith deg oed, ond mae hi fel y gwningen Duracell – byth yn stopio.

'Wel, na,' dw i'n ateb. 'Ond 'dyn ni angen *llawer* o arian.'

'Mae digon o arian gyda chwmnïau fel Amazon,' mae Cerys yn dweud. 'Ac maen nhw'n lladd y siopau bach! Beth am ysgrifennu atyn nhw a gofyn am help?'

'Dim gobaith!' mae Owen yn ateb. 'Na. Rhaid i ni werthu siârs.'

'Siârs? Does dim digon o arian gyda phobl Llanbedr,' mae Huw'n protestio.

'Wel, beth am siârs rhad – falle punt yr un?'

'Dw i'n hapus i brynu rhai am bunt yr un!' mae Betsan yn dweud.

'Fi hefyd.'

'A fi,' mae pawb yn cytuno.

'Ww, fi, yn *shareholder*!' mae Mam yn dweud. 'Posh iawn!'

Mae'r wythnosau nesa'n brysur. 'Dyn ni'n dechrau cwmni a gwerthu siârs i lawer o bobl yn Llanbedr. Mae'r grŵp gwaith yn cwrdd yn fy nhŷ bob nos Sul. 'Dyn ni'n trafod sut i lwyddo fel busnes.

astudio	*to study*	cwningen	*rabbit*
awgrymu	*to suggest*	trafod	*to discuss*

'Mae pawb yn prynu llyfrau ar-lein. Sut 'dyn ni'n mynd i berswadio pobl i ddod i'r siop?' mae Owen yn gofyn, un noson.

'Gwasanaeth personol,' dw i'n dweud. 'Nabod y cwsmeriaid a beth maen nhw'n hoffi.'

'Soffas,' mae Sioned yn awgrymu. 'Mae pobl yn hoffi eistedd i edrych ar lyfrau.'

'Grwpiau darllen. Maen nhw'n gallu cwrdd yn y siop – a phrynu'u llyfrau yno, wrth gwrs!' mae Meirion yn dweud.

Mae'r plant yn yr ystafell, yn gwneud eu gwaith cartre. Ond maen nhw'n gwrando ar y sgwrs.

'Beth am gael awdur enwog yn y siop i siarad am ei llyfrau? Fel J. K. Rowling!' mae Eluned yn galw.

'J. K. Rowling? Mae hynny'n dwp!' mae Steffan yn wfftio. 'Chwaraewr rygbi dych chi eisiau, fel Shane Williams neu Gareth Thomas.'

'Paid â galw dy chwaer fach yn dwp!' mae fy mam yn dweud wrth Steffan.

'Ow!' mae Steffan yn cwyno. 'Ciciodd Eluned fi!'

Mae plant yn boen weithiau! dw i'n meddwl. Ond mae'n syniad da cael awduron enwog yn y siop, chwarae teg.

'Beth am werthu cardiau, anrhegion a CDs?' mae Cerys yn awgrymu.

Artist yw Betsan. 'Gwaith artistiaid lleol, hefyd.'

'Syniad bendigedig!' (Mae Owen yn ffansïo Betsan, dw i'n siŵr.) 'Mae twristiaid yn hoffi lluniau a chrefftau.'

Bydd ein siop ni'n ffantastig! dw i'n meddwl. Gobeithio.

⊞

---

gwasanaeth   *service*

Mae Mr a Mrs Jones yn ymddeol ym mis Ionawr. 'Dyn ni'n talu rhent ar yr siop am chwe mis. Ddydd Sadwrn mae'r grŵp gwaith yn cwrdd yn y siop.

'Rhaid i ni wneud llawer o waith yma!' mae Sioned yn dweud. 'Tacluso, glanhau, golchi'r ffenestri …'

'Peintio,' mae Huw'n ychwanegu.

'Mae'n hen ffasiwn iawn,' mae Cerys yn dweud. 'Dim hen ffasiwn neis. Hen ffasiwn diflas.'

Mae hi'n iawn. Ar y llawr mae hen leino ofnadwy. Mae'r waliau'n felyn. Melyn nicotîn o sigarennau Mr Jones. Ych a fi! Mae'r cownter a'r silffoedd yn frown.

'Dyn ni'n penderfynu cau'r siop i lanhau a pheintio.

'Beth am agor y busnes newydd ddechrau mis Mawrth – ar Ddydd Gŵyl Dewi?' mae fy mam yn gofyn.

'Perffaith!' mae pawb yn cytuno.

'Dyn ni'n gweithio bob dydd ar y siop. Dw i wedi blino, ond dw i'n hapus iawn. Mae'n hwyl. Wrth gwrs, dw i ddim yn ennill dim arian – dim eto. Ond mae pwrpas gyda fi.

Ond un bore mae bil yn dod. Bil mawr – treth y cyngor. Wedyn bil trydan. Rhaid i ni dalu yswiriant ar y siop, hefyd. Does dim digon o arian gyda ni i dalu'r biliau a phrynu stoc. O diar. Dyw rhedeg busnes ddim yn hawdd.

Dw i ddim yn gallu cysgu yn y nos. Dw i'n poeni. Beth os bydd y busnes yn mynd i'r wal, cyn i'r siop agor?

Yna, un prynhawn mae fy mam a fi yn y siop, yn tynnu'r papur wal.

'Tisiw! Tisiw! Ych a fi, mae'r hen bapur wal yma'n ofnadwy!' dw i'n dweud.

ennill arian	to earn, make or win money	trydan	electricity
treth y cyngor	council tax	yswiriant	insurance

Yna dw i'n gweld rhywbeth. Y tu ôl i'r papur wal mae drws. Ond does dim handlen. Dw i'n rhoi sgriwdreifer yn y crac.

'Helpa fi, Mam.'

'Wwff! Mae'n styc!'

Yn sydyn mae'r drws yn agor.

'Storfa yw hi. Waw, mae llawer o stwff yma!'

'Falle rhywbeth gwerth lot o arian!' mae Mam yn dweud.

'Dyn ni'n edrych o gwmpas. Mae silffoedd, llyfrau, ffeiliau, papurau, hen ddillad a sbwriel. Yna mae Mam yn sgrechian.

'Duw annwyl! Mae penglog yma, penglog person!'

'Penglog! Ble?'

'Yn y cefn. Paid twtsio'r peth!'

Bois bach, mae Mam yn iawn. Dw i'n gallu gweld esgyrn, hefyd, dw i'n meddwl.

'Dere, Siân! Cau'r drws!'

Mae Mam yn mynd i wneud paned o de gyda siwgr, at y sioc. Dw i'n ffonio'r heddlu.

Mae'r heddlu'n rhoi tâp plastig glas a gwyn o gwmpas yr adeilad. Maen nhw'n gwisgo siwtiau gwyn ac yn cario bocsys o'r siop. Mae hi fel drama deledu.

Am chwech o'r gloch mae'r siop ar y newyddion. *'Mae'r heddlu'n archwilio siop yn Llanbedr-y-llyn, ar ôl i staff ffeindio esgyrn yno.'*

'Dyn ni ddim yn cael mynd i'r siop o gwbl.

'Sorri. *Crime scene* posib yw e,' mae Ditectif Sarjant Thomas yn dweud.

Duw annwyl!	*Dear God!*	asgwrn /esgyrn	*bones /bones*
penglog	*skull*	archwilio	*to investigate*

Y noson wedyn mae'r grŵp gwaith yn cwrdd.

'Mae'n ofnadwy!' dw i'n dweud.

'Nac ydy. Mae'n wych!' mae Owen yn dadlau. 'Mae pobl yn clywed am ein siop ar y newyddion.'

'Ond maen nhw'n clywed rhywbeth drwg – am y penglog a phopeth!'

'Wel, rhaid i ni ddweud ein stori ni, am achub y siop lyfrau.'

'Mae Owen yn iawn, dw i'n meddwl,' mae Betsan yn cytuno. (Mae hi'n ffansïo Owen, hefyd, dw i'n siŵr.)

Felly yn y bore dw i'n ffonio Radio Cymru. Yn y prynhawn dw i'n siarad ar y newyddion. Fi, ar y radio!

Y diwrnod wedyn mae pobl yn ffonio o'r *Cymro*, y *Western Mail* a'r *Daily Post*. Mae rhaglenni teledu *Heno* a *Wales Today* yn dod i'n ffilmio ni, hefyd. (Dw i'n edrych yn ofnadwy ar y teledu. Wyneb coch a gwallt fel pŵdl mewn sioc!)

Yr wythnos wedyn mae'r heddlu'n ffonio. O diar, beth nawr?

'Mae newyddion da gyda fi i chi,' mae'r Ditectif yn dweud.

'Newyddion da? Wir?'

'Ie. Mae'r esgyrn yn dod o'r brifysgol. Roedd yr Athro Geraint Williams yn arfer byw mewn fflat yn eich siop. Roedd e'n gweithio yn yr Ysgol Feddygol, yn dysgu doctoriaid newydd. Hen sgerbwd dysgu yw e.'

'O, dw i'n gweld. Felly …?'

'Dych chi'n gallu agor y siop eto.'

⊞

---

sgerbwd　　　*skeleton*

Dydd Sadwrn, Mawrth y cyntaf yw hi. Mae popeth yn barod. Yn y siop mae'r silffoedd yn llawn llyfrau newydd. Mae siampên yn yr oergell. Mae baneri a balŵns wrth y drws.

Dw i'n codi am chwech o'r gloch yn y bore.

'Steffan! Eluned!' Amser codi!'

'O, Mam!' mae Steffan yn cwyno. 'Mae'n rhy gynnar i godi!'

Mae'r plant yn cael brecwast. Dw i'n rhy nerfus i fwyta. Wedyn 'dyn ni'n gwisgo'n cotiau a mynd i'r dre.

Mae hi'n bwrw glaw. Ac mae hi'n wyntog iawn. Wrth y siop mae'r gwynt yn chwipio'r balŵns a'r baneri.

'Bydd y glaw yn stopio, siŵr iawn,' mae fy chwaer Rhian yn dweud. Y munud nesa mae hi'n bwrw cesair.

'O, na!' dw i'n wylo. 'Fydd pobl ddim yn dod!'

Ond am ddeg o'r gloch mae pobl yn dechrau cyrraedd.

'Clywais i ar y radio am y siop yn agor,' mae merch yn dweud. 'Ww, mae'n hyfryd!'

'Gwelais i eitem am y siop ar y teledu,' mae pobl eraill yn dweud.

Mae pawb yn yfed siampên ac yn sgwrsio'n hapus. Ac maen nhw'n prynu llawer o lyfrau, cardiau, CDs a phopeth!

Yn y cornel mae soffa a chadeiriau. Ar un gadair mae sgerbwd yn eistedd. (Sgerbwd plastig yw e, dim yr un gwreiddiol, ond mae e'n edrych fel un go iawn.) Mae'r sgerbwd yn gwisgo sbectol ac mae e'n darllen llyfr.

Dw i'n codi fy ngwydr siampên. 'Diolch yn fawr i chi, Athro Williams. Iechyd da!'

---

gwydr   *glass*

Symud Tŷ

Dw i'n trio symud tŷ. Mae'n ofnadwy!

Gwelais i raglen wych ar y teledu am symud tŷ. Rhaglen natur BBC *Life Story* oedd hi, am grancod meddal. Roedd y crancod yn cael gwell hwyl arni na fi …

Mae'r crancod yn byw mewn cregyn. Mae'r cregyn fel *mobile homes* iddyn nhw, dwedodd David Attenborough. Maen nhw'n saff yn eu cartrefi bach. Mae'r problemau'n dechrau pan maen nhw'n tyfu. 'Dyn nhw ddim yn ffitio yn eu hen gregyn wedyn. Rhaid iddyn nhw ffeindio cartre newydd. Weithiau does dim cregyn ar y traeth sy'n eu ffitio nhw, druan! Ond mae'r crancod ar un ynys ym Môr y Caribî wedi ffeindio ffordd wych o gael tŷ newydd.

Yn y ffilm mae un cranc bach yn edrych am gartre newydd. 'Ffranc' dw i'n mynd i alw'r cranc. Mae Ffranc yn ffeindio cragen ar y traeth, ond mae'n rhy fawr iddo. Felly mae Ffranc yn aros. Wedyn mae cranc arall yn dod. Mae e eisiau cartre newydd, hefyd. Ond mae'r gragen ar y traeth yn rhy fawr iddo fe. Mae e'n stopio ac yn aros gyda Ffranc.

Mae llawer o grancod ar yr ynys eisiau symud tŷ. Drwy'r bore maen nhw'n dod i'r traeth. Maen nhw'n stopio, hefyd. Maen nhw'n aros mewn ciw. Yn y ciw mae'r crancod mawr yn y ffrynt, ac mae'r crancod bach, fel Ffranc, yn y cefn.

Yn y diwedd mae cranc mawr iawn yn dod. Mae'r gragen fawr ar y traeth yn ffitio fe'n berffaith. Mae e'n symud i mewn i'w gartre newydd. Yna mae'r cranc nesa

cranc(od);	*crab(s);*	cragen/cregyn	*shell/shells*
crancod meddal	*hermit crabs*	tyfu	*to grow*
cael gwell hwyl	*have better luck*	yn y diwedd	*in the end,*
arni na fi	*than me*		*finally*

yn y ciw yn symud i hen gragen y cranc mawr. Wedyn yr un nesa … Mae pawb yn y ciw'n cael cartre newydd. Mae hi fel tsiaen o bobl yn prynu tai. (Ond does dim rhaid i'r crancod gael morgais.)

Y crancod lwcus – yn ffeindio tŷ newydd a symud i mewn yr un bore! Dim fel fi. Does dim ciw yn aros i symud i fy nhŷ i.

Dw i wedi trio popeth. Clirio, peintio, papuro, sgleinio … Mae'r tŷ wedi cael sioc! A dyw'r ardd ddim yn deall beth sy'n digwydd iddi hi.

Ond dyw'r tŷ ddim yn aros yn daclus a glân, ydy e? Nac ydy, dim gyda phlant yn rhedeg o gwmpas. Felly pan mae pobl yn dod i weld y tŷ dw i fel peth gwyllt. Tacluso, hel llwch, hwfro, torri'r lawnt … Dw i'n rhoi blodau yn y tŷ. Gwneud coffi ffres. Ond does neb eisiau prynu fy nhŷ i.

Peidiwch poeni! mae'r asiant tai'n dweud. Mae'n cymryd amser i werthu tŷ. Wel dyna od, dw i'n ateb. Achos mae pob tŷ newydd dw i'n ffansïo'n gwerthu mewn pum munud!

A dyna ble dw i fel Ffranc, y cranc bach yn y rhaglen deledu. Achos gaeth Ffranc druan ddim cartre newydd o gwbl. Yn y sgrym gaeth pawb arall gregyn newydd, ond fe. Rhaid iddo fe aros yn ei hen gragen, sy'n rhy fach iddo fe.

Dw i'n poeni am Ffranc. Gobeithio bydd e'n cael cartre newydd cyn bo hir. Fi, hefyd.

---

sgleinio	*polishing*	glân	*clean*
taclus	*tidy*	asiant tai	*estate agent*
hell llwch	*to dust*		

Lefel Canolradd

Mynd i'r Eisteddfod

Dw i'n mynd i'r Eisteddfod bob blwyddyn
am wythnos yng nghanol yr haf,
fel arfer mae'n wlyb ac yn fwdlyd
ond eleni dw i'n siŵr fydd hi'n braf!

Dw i'n cysgu bob nos mewn pabell
dan y sêr, yn yr awyr iach,
a gwneud ffrindiau newydd bob bore
yn y ciw wrth fynd i'r tŷ bach.

Dw i'n hoffi mynd rownd y stondinau
a cherdded o gwmpas y Maes.
Dw i'n gweld pobl enwog, weithiau,
sy'n edrych yn normal a neis!

Dw i'n lico'r celf a'r crefftau,
y canu, y bandiau a'r delyn,
y stwff peniog yn y Babell Lên,
y clocsio a'r dawnsio gwerin.

Weithiau dw i'n mynd i gael paned,
bisgedi a sgwrs ym Maes D.
Mae'n braf cwrdd â dysgwyr eraill
a mwynhau'r holl hwyl a sbri.

mwdlyd	*muddy*	y Babell Lên	*the Literature Tent*
dan y sêr	*under the stars*	clocsio	*clog dancing*
awyr iach	*fresh air*	dawnsio gwerin	*folk dancing*
stondin(au)	*stall(s)*	Maes D/Maes	*The Learners' Tent*
y Maes	*the Eisteddfod field*	y Dysgwyr	
celf	*art*, crefft(au) *craft(s)*	yr holl hwyl	*all the fun*
peniog	*brainy*	a sbri	

Dw i'n cael cyrri a reis i ginio,
wedyn mefus a hufen iâ.
Mae'r bwyd ar y Maes yn reit flasus,
ac mae'r cwrw'n wych yn y bar.

Wedyn dw i'n mynd i'r Pafiliwn
sy'n fawr, yn binc ac yn hardd.
Dw i'n eistedd i lawr yno'n hapus
i wylio Coroni'r Bardd.

Gyda'r nos bydd cyngerdd neu ddrama,
a bandiau cŵl ar Faes B,
lle mae gigs grêt i'r bobl ifainc
a hefyd hen hipis fel fi!

Nawr bant â fi eto i'r 'Steddfod,
mae fy nhocyn wythnos 'da fi.
Gwela i chi yno, gobeithio –
ond cofiwch eich welis, da chi!

Coroni'r Bardd	*the Crowning of the Bard*	tocyn wythnos	*ticket for the whole week*
bant â fi	*off I go*	da chi	*for goodness sake*

Yr Elvis Cymraeg

Yn y car mae'r CD yn chwarae cân 'Blue Suede Shoes'. Mae Bryn yn ymarfer ei fersiwn Cymraeg ei hun. 'Sgidie Swêd Glas, bw bŵm bŵm!'

Mae e'n stopio wrth olau traffig coch. Mae 'In The Ghetto' yn dechrau chwarae. Yn fersiwn Bryn mae hi'n bwrw eira mewn geto yng Nghymru, dim Chicago. 'Yn y geto-o-o …' mae e'n canu'n hapus.

CRAC! mae e'n clywed yn sydyn. Wedyn sŵn metel ofnadwy. Yr ecsôst! Mae e'n stopio'r car. O na, mae e'n meddwl. Y car twp! Bydd e'n hwyr i'r gwaith.

Mae Bryn yn gweithio yn archfarchnad Asdi. Pan mae e'n cyrraedd y siop mae'r rheolwr, Gerald Tranter, yn yr ystafell stoc. O na!

'Wyt ti'n gwybod faint o'r gloch yw hi?' mae e'n gofyn i Bryn.

Chwarter i saith, mae Bryn yn meddwl, ond ddim yn dweud. 'Mae'n flin gyda fi, Mr Tranter,' mae e'n ateb. 'Problem gyda'r car …'

'Dw i ddim eisiau gwybod am dy broblemau di!' mae'r rheolwr yn dweud. 'Dw i eisiau ti yn y siop am chwech o'r gloch y bore, yn stacio silffoedd. Bob bore! Iawn?'

'Iawn, Mr Tranter.'

'Dyw pobl Hengoed ddim yn gallu aros am eu siopa tan i ti ffansïo dod i mewn, Bryn!'

'Na, Mr Tranter.'

'Na. Reit, wel, ymlaen â ti, 'te!'

Ymlaen â ti, 'te! *Get on with it, then!*

Mae Gwyneth, un o'r staff, yn llenwi troli gyda photeli o laeth.

'Sorri dw i'n hwyr, Gwyneth,' mae Bryn yn dweud.

'Dyw pobl Hengoed ddim wedi cael eu brecwast y bore 'ma, o dy achos di, Bryn. Mae'n ofnadwy!' mae hi'n jocan.

Person grêt yw Gwyneth, mae Bryn yn meddwl. Dyw *hi* ddim yn dweud 'Ie, syr, na syr,' wrth Mr Tranter. Mae e'n dechrau llenwi troli gyda sudd ffrwythau, yn hymian 'Hound Dog'.

Erbyn amser cinio mae Bryn wedi blino. Mae e'n hapus i eistedd yn yr ystafell staff a chael paned o de a brechdanau. Mae Gwyneth yno, Steve o'r deli a Rhys o'r ciosg sigarennau hefyd.

'Mae dêt 'da fi nos Sadwrn,' mae Steve yn dweud, 'gyda merch o'r brifysgol.'

'O'r brifysgol? Beth mae hi'n wneud gyda ti, 'te, Steve?' mae Rhys yn jocan.

'Mae hi'n ffansïo fi, wrth gwrs!'

Mae Steve yn cael dêt bob penwythnos, y boi lwcus, mae Bryn yn gwybod.

'Mae tocyn 'da fi i weld y rygbi,' mae Rhys yn dweud. 'I'r dafarn wedyn!'

'Beth wyt ti'n wneud dros y penwythnos, Bryn?' mae Gwyneth yn gofyn.

'Wel, nos Sadwrn mae cyngerdd i godi arian at yr eisteddfod. Mae fy nith yn chwarae'r ffliwt.' Mae nith a nai gyda Bryn: Llinos ac Iestyn. 'Perswadion nhw fi i ganu, hefyd,' mae e'n dweud.

'Yr eisteddfod? Duw! Beth wyt ti'n ganu … opera?' mae Rhys yn chwerthin.

---

llenwi   *to fill*

'Nage. Stwff Elvis. Ond yn Gymraeg.'

'Elvis yn Gymraeg?'

'Mae Bryn yn gwneud act Elvis, on'd wyt ti, Bryn?' mae Gwyneth yn dweud. 'Gyda gitâr a gwisg Elvis a phopeth.'

'Dim ond i'r teulu a ffrindiau,' mae Bryn yn ateb, yn llawn embaras. 'Tipyn bach o hwyl yw e, dyna i gyd.'

Y foment nesa mae Mr Tranter yn dod i mewn.

'Pan dych chi wedi gorffen eistedd yn yfed te, mae gwaith i'w wneud!' mae e'n dweud wrthyn nhw.

⊞

Ddydd Sadwrn mae Bryn yn gweithio. Ar ôl y gwaith mae e'n cael cawod a gwisgo'i ddillad Elvis: trowsus du gyda fflêrs, crys satin gwyn, a gwasgod goch gyda stydiau. Wedyn mae e'n codi'i gitar a mynd i'r capel, i'r noson codi arian.

Mae llawer o bobl yma! mae e'n meddwl yn nerfus.

'Yncl Bryn, helô!' mae e'n clywed. Ei nai Iestyn yw e. Mae chwaer Bryn, Sali, a'i gŵr Jonathan, yno hefyd.

I ddechrau mae côr yr ysgol yn canu 'Llwyn Onn'. Wedyn mae Llinos a'i ffrind yn chwarae darn Schubert i'r ffliwt a'r piano.

'Mae hi'n dda iawn!' mae Bryn yn dweud wrth ei chwaer.

Nesa mae dyn yn canu'r delyn. Wedyn mae bardd yn darllen cerdd. (Cerdd ddiflas a hir iawn, mae Bryn yn meddwl.) Mae pawb yn clapio. O diar! mae e'n poeni. Mae pawb yma'n hoffi stwff posh, fel cerddoriaeth glasurol a barddoniaeth. Beth maen nhw'n mynd i feddwl am fy act Elvis i?

---

gwasgod	*waistcoat*	barddoniaeth	*poetry*
cerdd	*poem*		

Yna mae Mari Huws o'r grŵp codi arian yn mynd at y microffon.

'Nawr am y perfformiwr nesa,' mae hi'n dweud. 'Rhowch groeso i Bryn "Elvis" Davies!'

Help! mae Bryn yn meddwl yn nerfus.

Wrth ganu 'Calon Bren' mae e'n ymlacio. Mae e'n teimlo'n hapus. Ar ôl 'Calon Bren' mae e'n canu 'Hen Shep', wedyn 'Sgidie Swêd Glas'.

Wel, mae pobl yn clapio, mae e'n meddwl wedyn.

'Ro't ti'n grêt, Yncl Bryn!' mae Iestyn yn dweud.

'Diolch, bach.'

Ar ôl y cyngerdd mae paned a theisen yn y neuadd. Mae menyw yn dod i siarad â Bryn.

'Dw i'n gweithio yn y ganolfan i'r henoed,' mae hi'n dweud. 'Maen nhw'n hoffi'r *golden oldies*. Allech chi ddod i ganu iddyn nhw?'

'Iawn,' mae Bryn yn ateb.

'Does dim arian gyda ni i dalu ffi, sorri.'

'Dim problem.'

Wedyn mae dyn yn dod ato fe. 'Dw i'n codi arian i'r clwb cinio …' mae e'n dweud.

'Waw, Bryn, mae pawb eisiau bwcio dy act di!' mae Sali'n dweud.

'Ie, dw i'n enwog!' mae e'n chwerthin.

⊞

Dros yr wythnosau nesa mae Bryn yn gwneud ei act Elvis bron bob wythnos. Mae e'n mwynhau perfformio i'r hen bobl. Maen nhw wrth eu bodd yn canu gyda fe, yn tapio'u traed a nodio'u pennau.

| cân / caneuon | *song / songs* | henoed | *the elderly* |
| Calon Bren | *Wooden Heart* | | |

106

Un diwrnod yn y gwaith mae Gwyneth yn siarad â fe. ''Dyn ni'n cael parti bach i'r teulu'r mis nesa,' mae hi'n dweud. 'Parti pen-blwydd priodas fi a fy ngŵr. ''Dyn ni'n briod ers pedwar deg mlynedd!'

'Waw! Llongyfarchiadau.'

'Diolch. Dw i eisiau gofyn ffafr i ti. I ddod i'r parti a chanu i ni.'

'Amatur dw i, Gwyneth, cofia.'

'Dim problem. Ro'n ni'n arfer dawnsio i Elvis pan o'n ni'n ifanc, ti'n gweld. Gaethon ni "Love Me Tender" yn ein priodas. Wyt ti'n gallu canu honna?'

'Ydw, siŵr.'

⊞

Y dydd Sadwrn wedyn mae hi'n brysur iawn yn Asdi. Mae'r tywydd yn braf ac mae twristiaid yn y dre. Maen nhw'n gofyn i Bryn ble mae pethau yn y siop, pethau posh, fel reis arborio organig. Dyw Bryn ddim yn siŵr beth yw reis arborio, ond dyw Asdi ddim yn stocio fe, mae e'n gwybod.

'Sorri,' mae e'n dweud. 'Beth am drio Waitrose?'

Yn anffodus, mae Mr Tranter yn ei glywed.

'Ga i'ch helpu chi, madam?' mae e'n dweud, mewn llais sebonllyd. 'Paid dweud wrth y cwsmeriaid am fynd i Waitrose, yr idiot!' mae e'n hisio wrth Bryn wedyn. 'Nawr cer i nôl y trolïau o'r maes parcio!'

Amser cinio mae Bryn yn cwyno wrth ei ffrindiau. 'Dw i wedi cael llond bol heddiw!'

'Dw i'n cael llond bol o'r lle 'ma bob dydd!' mae Rhys yn dweud.

| cael llond bol | *to have a guts full, get fed up with* | sebonllyd | *smarmy, (literally: soapy)* |

Mae newyddion gyda Steve. 'Hei, dw i'n symud i mewn i fflat gyda fy nghariad.'

Mae Rhys yn chwerthin. 'Wel, wel. *Ti* yn setlo i lawr!'

'Da iawn ti, Steve,' mae Bryn yn dweud.

Yn y prynhawn mae Bryn yn casglu trolïau, stacio silffoedd a glanhau'r iard. Wedyn mae plentyn yn torri chwe jar o jam yn y siop. Rhaid i Bryn glirio'r jam a'r gwydr a golchi'r llawr. Mae e wedi blino ac yn boeth iawn pan mae e'n gorffen y gwaith.

Y noson honno mae Bryn yn ymarfer ar gyfer parti Gwyneth. Mae e'n penderfynu dewis caneuon rhamantus. 'Love Me Tender', wrth gwrs – yn Saesneg ac yn Gymraeg. 'Cara fi'n Dyner ...' mae e'n canu. 'Tedi Bêr' nesa, wedyn 'Methu Helpu Cwympo Mewn Cariad'.

Mae e'n dechrau gweithio ar 'Are You Lonesome Tonight?' – cân newydd. 'Wyt Ti'n Unig Heno?' mae e'n canu'n dawel. Ond yn sydyn mae e'n stopio. Ydw, mae e'n meddwl, dw i yn unig. Dw i'n unig bob nos. Dw i'n ddau ddeg saith oed. Does dim partner 'da fi. Mae'r gwaith yn ofnadwy. Dw i'n gwneud act Elvis pathetig ...

'Bois bach, Bryn!' mae e'n dweud wrth ei hun. 'Ble mae'r feiolinau?' Reit, mae e'n penderfynu. Meddwl am rywbeth hapus. Meddwl am Borth-cawl.

Bob mis Medi mae Bryn yn mynd i'r Ŵyl Elvis ym Mhorth-cawl. Yno mae sioeau bendigedig, gydag actau Elvis gorau'r byd. Mae miloedd o bobl yn mynd ac yn cael amser da.

Mae e'n mynd ar-lein i weld rhaglen Gŵyl Elvis nesa. Yna mae e'n gweld hyn:

Cara Fi'n Dyner *Love Me Tender*	gŵyl	*festival*
methu	*to be unable to*	

New for this year: The Best Elvis Cymraeg!

Grêt! mae Bryn yn meddwl. Mae e'n prynu tocyn i weld y gystadleuaeth. Wedyn mae e'n bwcio carafán ym Mhorth-cawl am dair noson. Ddydd Llun bydd e'n bwcio gwyliau o'r gwaith.

⊞

Mae parti pen-blwydd priodas Gwyneth yn neuadd y Sgowtiaid.

'Helô, Bryn!' mae Gwyneth yn dweud. 'Diolch yn fawr am ddod. Rwyt ti'n edrych yn grêt!'

'Diolch. Pryd wyt ti eisiau i mi ganu?'

'Wel, nawr, os wyt ti'n barod. Mae'r meic yn y ffrynt.'

Mae 'Lady in Red' yn chwarae yn y neuadd, ond does neb yn dawnsio. Mae plant yn rhedeg o gwmpas ac yn sgrechian. Mae babi'n crio. Mae'r dynion wrth y bar ac mae'r merched yn eistedd a siarad. O diar, mae Bryn yn meddwl. Dim yn rhamantus iawn. Dw i ddim yn gallu canu 'Love Me Tender' nawr!

'Esgusodwch fi, bawb!' mae Gwyneth yn gweiddi. 'Dyma Bryn "Elvis" Davies i ganu i ni!' Dyw pobl ddim yn stopio siarad.

Reit! mae Bryn yn meddwl. Un, dau, tri … Mae e'n rhedeg at y meic, chwarae cordiau sydyn 'Jailhouse Rock', a dechrau canu. Yn uchel. Mae'r siarad yn stopio. Pan mae Bryn yn canu'r corws mae cwpl o'r merched yn dechrau dawnsio.

Mae e'n canu 'Sgidiau Swêd Glas' nesa, wedyn 'Tedi Bêr' ac 'Wedi Siglo i Gyd' (ei fersiwn e o 'All Shook Up'). Mae llawer o bobl yn dawnsio erbyn hyn.

---

cystadleuaeth *competition*

'Cân araf nawr,' mae Bryn yn dweud drwy'r meic, wedyn. Mae pawb yn dawel. 'Cân arbennig i Gwyneth a Bob yw hon.' Mae e'n dechrau'n chwarae'n dawel ar y gitâr. 'Love Me Tender …' mae e'n canu. Ar ôl munud mae e'n gweld Gwyneth a Bob yn dawnsio'n glòs.

'Bryn, roedd hynny'n hyfryd, wir. Bendigedig. Diolch yn fawr i ti,' mae Gwyneth yn dweud.

Mae Steve o'r gwaith a'i gariad Megan yno, a Rhys hefyd.

'Ie, ffantastig, mêt,' mae Steve yn cytuno.

'Diolch.'

'Criais i pan ganaist ti "Love Me Tender",' mae Megan yn dweud.

'Aa!' mae Steve yn rhoi sws i Megan. 'Wel, Bryn, dw i ddim yn gwybod pam rwyt ti'n gweithio yn blincin Asdi! Pam dwyt ti ddim yn mynd yn ganwr proffesiynol?'

'O, mae miloedd o actau Elvis,' mae Bryn yn ateb. 'Llawer gwell na fi.'

'Wel, does dim lot yn canu yn Gymraeg, dw i'n siŵr!' mae Gwyneth yn dadlau.

'Oes. Mae sioe ym Mhorth-cawl eleni. Yr Elvis Cymraeg gorau.'

'Dyna ti, 'te!' mae Steve yn dweud. 'Dy siawns fawr di.'

'Dw i ddim yn meddwl …'

'Ond rwyt ti angen enw da. Mae 'Bryn "Elvis" Davies' yn ddiflas!' mae Rhys yn dweud.

'O, diolch!' mae Bryn yn ateb. 'Nawr, 'te, ydy hi'n bosib cael cwrw yn y lle 'ma?'

Un amser cinio ym mis Awst mae Steve yn dweud, 'Dere i'r toiledau, Bryn. Dw i eisiau siarad â ti.'

| arbennig | *special* | angen | *need* |

'Pam? Beth sy'n bod?'

'Dim byd. Dere.'

Yn y toiledau mae Rhys a Gwyneth yn aros.

'Gwyneth! Beth wyt ti'n wneud yn nhoiledau'r dynion?'

'Sh. Dyma ti.' Mae Gwyneth yn rhoi parsel mawr i Bryn. 'Tria hon.'

'Beth yw hi? … O, waw!'

Siaced sy yn y parsel. Siaced Elvis. Ar y cefn mae geiriau mewn brodwaith coch:

Bryn
'Y BRENIN'
Davies

'Beth? Ble …?'

'Ydy hi'n ffitio'n iawn?' mae Gwyneth yn gofyn.

'Ydy. Mae'n wych. Ond o ble mae hi'n dod? Mae siaced fel hon yn costio ffortiwn!'

'Dim os oes teiliwr yn eich teulu chi! Fy mrawd wnaeth hi.'

'Diolch. Mae'n ffantastig!'

'Reit, wel, does dim esgus gyda ti, nawr,' mae Rhys yn dweud. 'Rwyt ti'n mynd am wobr yr Elvis Cymraeg Gorau ym Mhorth-cawl fis nesa!'

'Ond …'

⊞

Ar ddydd Iau olaf mis Medi mae Bryn yn cyrraedd y gwaith am chwarter i chwech. Mae e'n gweithio tan ddau o'r gloch heddiw. Wedyn mae e'n mynd i Borth-cawl!

Ar ôl y gwaith mae e'n mynd i'r ystafell staff i nôl ei fagiau o'i locer. Yn sydyn mae Mr Tranter yno.

---

brodwaith   *embroidery*   brenin   *king*

111

'Barod am nos yfory, Bryn?'

Duwcs! mae Bryn yn meddwl. Pam mae e'n siarad â fi'n neis? 'Ydw, diolch.'

'Wyth o'r gloch, iawn?'

'Beth, sorri?'

''Dyn ni'n cymryd stoc dros y penwythnos. Yn ddechrau nos yfory. Paid bod yn hwyr!'

'Dw i ar wyliau tan ddydd Mawrth, Mr Tranter.'

'Ar wyliau? Dim pan 'dyn ni'n cymryd stoc!'

'Ond bwciais i'r penwythnos fel gwyliau wythnosau'n ôl,' mae Bryn yn protestio.

'Wel, mae'n flin 'da fi, Bryn, ond rhaid i ti weithio. Mae ciw o bobl yn y ganolfan gwaith am gael jobyn yma, os dwyt ti ddim eisiau fe!'

Mae cwsmeriaid Asdi'n cael syrpréis y prynhawn yna. I ddechrau maen nhw'n clywed cân dros y tanoi. 'Sgidie Swêd Glas' mae'r llais dwfn yn canu. Wedyn mae'r canwr yn y siop, yn dawnsio heibio'r bisgedi a'r tuniau, yn gwisgo siaced gyda rheinstonau.

Mae Mr Tranter yn clywed y canu a'r clapio ac yn rhedeg ar ôl y canwr.

'Hei! Beth wyt ti'n meddwl ti'n wneud?'

Ond mae Bryn yn dawnsio at ffrynt y siop … a mas trwy'r drws.

Dros y tanoi wedyn mae Gwyneth yn siarad. 'Mae Elvis wedi gadael yr adeilad.'

---

cymryd	*to take*	dwfn	*deep*
llais	*voice*		

Y Disg Aur

Yn 1977 lansiodd NASA Voyager i'r gofod. Ar ei bwrdd roedd record aur ...

Dinas Cyd, Y Blaned Hedd.
Y Dyfodol.

Yn y Ganolfan Wyddoniaeth mae'r tîm yn edrych ar eu sgriniau.

'Mae rhywbeth od yn dod i mewn i'n hatmosffer ni,' mae Teg yn dweud wrth Call, y rheolwr.

'Beth yw e, meteor?'

'Nage. Rhywbeth metel yw e. Electroneg.'

'Roced?' mae Call yn gofyn.

'Dw i ddim yn credu. Mae'n mynd yn araf.'

'Lloeren, efallai?' mae Llon yn dweud.

'Mae'n bosib. Ond dim ein lloeren ni.'

Mae'r tîm yn aros, yn gwylio'u sgriniau. Mae'r siâp bach yn symud yn araf tuag at eu planed nhw, Hedd.

'Ble bydd e'n glanio, 'dych chi'n gallu dweud?' mae Call yn gofyn.

'Mae e'n mynd at y Môr Arian.'

'Mae e wedi diflannu o'r sgrin!' mae Llon yn dweud.

'Reit. Rhaid i ni anfon tîm i'w ffeindio fe.'

Mae'r tîm yn dod o hyd i'r 'peth' yn y dŵr ger y traeth.

'Beth yw e?' mae Teg yn gofyn. 'Dyw e ddim yn edrych fel ein technoleg ni.'

y gofod	*space*	rhywbeth	*something*
ar fwrdd	*on board*	lloeren	*satellite*
aur	*gold*	glanio	*to land*
hedd	*peace*	diflannu	*to disappear*
gwyddoniaeth	*science*		

'Nac ydy. Technoleg ddiddorol iawn yw hi,' mae Cariad, y technegydd yn ateb. 'O ble mae'r peth yn dod, tybed?'

'Mae symbolau arno fe, yma!' mae Llon yn dweud. Mae'r tîm yn edrych ar y symbolau: **VOYAGER**.

'Enw yw e, siŵr o fod,' mae Teg yn dweud.

'Ie, ond pa iaith yw hi?'

'Bydd y cyfrifiadur yn gwybod.'

Mae'r stori yn y newyddion:

'Syrpréis o'r Gofod!

Mae gwrthrych o'r gofod wedi glanio yn y Môr Arian. Dyw e ddim yn dod o blaned Hedd yn wreiddiol, mae tîm o'r Ganolfan Wyddoniaeth yn meddwl. Ond does dim perygl i ni, maen nhw'n dweud. Nawr maen nhw'n ceisio deall beth yw'r gwrthrych, ac yn gobeithio dysgu llawer am y blaned o ble mae e'n dod.'

Dros y dyddiau nesa mae'r tîm yn gwneud profion ar y *Voyager*. Maen nhw'n ffeindio antenâu a chamerâu ar y bwrdd. Mae disg od arni, hefyd. Disg aur, hardd yw e. 'Dyn nhw ddim yn siŵr beth yw ei bwrpas e. Ar un ochr o'r disg mae'r geiriau:

THE SOUNDS OF EARTH
UNITED STATES OF AMERICA
PLANET EARTH

'Symbolau neu ysgrifen,' mae Teg yn dweud. 'Drueni bod ni ddim yn eu deall nhw!'

Ar ochr arall y disg mae lluniau.

---

tybed?	*perhaps, I wonder*	perygl	*danger*
iaith	*language*	profion	*tests* (prawf - *a test*)
gwrthrych	*an object*	ysgrifen	*writing*

'Diagramau ydyn nhw, dw i'n credu,' mae Llon yn dweud. 'Efallai fod nhw'n esbonio beth i'w wneud gyda'r disg.'

Mae staff technegol y ganolfan yn ceisio deall y diagramau.

'Mm. Does dim peiriannau fel hyn gyda ni, dyna'r broblem,' mae Cariad yn esbonio. 'Mae'r dechnoleg yn hen iawn, dw i'n credu. Ond peidiwch â phoeni, dw i'n hoffi sialens!'

Mae cyffro mawr yn y ganolfan pan maen nhw'n cwrdd i chwarae'r disg aur.

'Reit, wel, dyma ni! Gobeithio bydd e'n gweithio …' mae Cariad yn dweud.

Y peth cyntaf maen nhw'n ei glywed yw lleisiau.

'Pobl yn siarad yw e, dw i'n credu!' mae Llon yn dweud.

'Ond beth maen nhw'n ddweud?' mae Teg yn gofyn.

Mae'r Athro Mwyn, ieithydd o'r brifysgol, yn gwrando ar y disg sawl gwaith.

'Maen nhw'n dweud rhywbeth fel "Helô, sut dych chi?" dw i'n meddwl,' mae e'n esbonio. 'Mae pob person ar y disg yn siarad iaith wahanol.'

Maen nhw'n gwrando ar y person nesa. 'Iechyd da i chi heddiw ac am oes!'

'Pobl gyfeillgar ydyn nhw, felly?' mae Call yn gofyn i Mwyn wedyn.

'Ydyn, dw i'n credu.' Mae Mwyn wrth ei fodd. 'Mae'n ddiddorol iawn. Mae pum deg pum iaith ar y disg! Dim ond un deg chwe iaith sy gyda ni ar Hedd.'

---

peiriant (peiriannau)	*machine(s)*	llais (lleisiau)	*voice(s)*
sialens	*a challenge*	ieithydd	*linguist*
cyffro	*excitement*	am oes	*forever*
sŵn (synau)	*sound(s)*		

Maen nhw'n gwrando ar y disg eto. Nesa mae synau naturiol.

'Glaw!' mae Llon yn dweud. 'Glaw trwm. O, mae'n hyfryd!'

'Ydy,' mae Teg yn cytuno. 'Maen nhw'n lwcus. 'Dyn ni ddim wedi cael glaw yma ers tair blynedd, mae'n siŵr.'

'Gwynt, nawr,' mae Call yn dweud.

Yna maen nhw'n clywed 'CRAC!'

'Taranau! Efallai fod hi'n stormus iawn ar y blaned.'

Nesa mae synau od iawn. 'Grrrr!' 'Yrwww!' Sŵn fel trymped. Wedyn 'Hw, hw, hw, hw, hw, ha, ha ha!'

'Beth ar Hedd ydy hynny?' mae Call yn gofyn. 'Dim y bobl, gobeithio!'

Nawr maen nhw'n clywed crawcian. Wedyn 'Rwff, rwff!' a 'Baaa, baaa.'

'Anifeiliaid ydyn nhw,' mae Mwyn yn ateb. 'Rhai mawr!'

'A gwyllt,' mae Llon yn dweud. 'O, dw i eisiau eu gweld nhw!'

Maen nhw'n gwrando eto. Mae adar bach yn canu nawr.

'Mae'r blaned yn swnio'n ffantastig,' mae Call yn dweud.

Pan mae'r tîm yn gwrando ar y disg aur eto'r diwrnod nesa maen nhw'n cael syrpréis.

'Cerddoriaeth yw hi!' mae Llon yn dweud.

'Wyt ti'n siŵr?' mae Call yn gofyn. 'Mae'n od.'

Maen nhw'n clywed pobl yn canu, wedyn synau feiolinau, piano, pibau, drymiau, trympedi a cherddorfa.

---

taranau	*thunder*	cerddorfa	*orchestra*
crawcian	*croaking*		

'Wel, mae'n ddiddorol …' mae Cariad yn dweud. 'Aa, dw i'n hoffi hyn!' mae e'n ychwanegu, yn hymian gyda Chuck Berry'n canu 'Johnny B. Goode'.

'Mae'n wahanol iawn i'n cerddoriaeth ni,' mae Teg yn dweud. 'Ond mae'n hardd.'

'*Voyager* yn dod o baradwys!' mae'r newyddion yn dweud y prynhawn yna.

'Mae tîm o'r Ganolfan Wyddoniaeth yn credu bod y *Voyager* yn dod o blaned sy "fel paradwys".

''Dyn ni'n credu bod y blaned yn wyrdd iawn,' dwedodd Call ap Cryf, y rheolwr. 'Mae'r tywydd yn dda ac mae llawer o anifeiliaid ac adar arni. Mae'r dechnoleg ar y blaned yn syml ond mae'r bobl yn eitha deallus. Maen nhw'n gyfeillgar ac maen nhw'n hoffi gwneud cerddoriaeth.'

Nawr mae diddordeb mawr gyda phobl Hedd yn y *Voyager*. Mae pawb yn gwrando ar recordiadau o'r gerddoriaeth a'r synau ar y disg aur. Maen nhw'n gofyn pryd bydd hi'n bosib mynd i ymweld â 'Phlaned Paradwys'.

'Pam 'dyn ni ddim yn gwybod eto ble mae'r blaned?' mae Call yn gofyn i'r tîm.

'Wel, 'dyn ni'n gweithio ar hynny Call,' mae Teg yn ateb. 'Ond does dim llawer o gliwiau gyda ni.'

Wedyn un diwrnod mae'r technegydd, Cariad, yn gyffro i gyd.

'Dw i wedi bod yn edrych eto ar y diagramau ar y disg aur. Dw i'n credu bod lluniau ar y disg, hefyd, os 'dyn ni'n gallu eu gweld nhw. 'Dyn ni'n gweithio ar ffeindio ffordd.'

| paradwys | *paradise* | deallus | *intelligent* |

Yr wythnos wedyn mae pawb yn y labordy, yn edrych ymlaen at weld lluniau ar y disg aur.

'Reit. Dyma ni, gobeithio ...' mae Cariad yn dweud.

'Dyna lun ... o rywbeth!' mae Llon yn dweud.

'Symbolau eto,' mae Teg yn ateb.

Yn sydyn mae pawb yn dweud 'Waw!' wrth weld y llun nesa.

'Person yw e?' mae Cariad yn gofyn.

'Ie, dw i'n credu,' mae Teg yn ateb. 'Ond mae pen bach iawn gyda fe.'

'A dim ond dwy law!' mae Call yn ychwanegu. 'O, edrychwch ar y llun nesa!'

Maen nhw'n edrych ar ddiagram o ferch gyda babi yn ei bola. Mae diagramau eraill yn dangos sut mae babi'n cael ei wneud.

'O diar. Mae'n edrych fel llawer o waith,' mae Llon yn sylwi.

Mae llawer o luniau ar y disg. Fforest, y wlad, afon, y môr, ynys fach, yr anialwch. Mae'r tîm wrth eu boddau gyda nhw.

'Planed hardd iawn yw hi,' mae Call yn dweud. 'Gwyrdd a glas a gwyn ... mae'n hyfryd.'

'Ydy,' mae Llon yn cytuno. 'Hoffwn i fynd yno!'

'Aa, mae map yma! A dyma luniau o blanedau eraill. Mae un binc, gyda smotyn. Ac un lwyd, llawn craterau ... diddorol iawn!' mae Teg yn dweud.

'Gobeithio byddan nhw'n rhoi cliwiau i ni o ble mae *Voyager* yn dod,' mae Call yn dweud.

Mae lluniau o anifeiliaid, wedyn.

'Mae'r creaduriaid yn fendigedig,' mae Llon yn dweud.

---

yr anialwch   *the desert*   smotyn   *a spot*

'Mae'r un du a gwyn, streipiog yma'n ffantastig. O, edrychwch ar yr un mawr, mae trwnc hir gyda fe! Beth yw e, tybed?'

'Mae creaduriaid yn hedfan, hefyd,' mae Cariad yn sylwi.

'Ac yn neidio allan o'r môr,' mae Teg yn dweud, wrth weld llun o ddolffiniaid.

Ond wedyn yn sydyn mae'r tîm yn cael sioc wrth weld llun o ddynion yn hela antelop. Nesa mae ffoto o bobl yn coginio pysgod.

'Maen nhw'n lladd y creaduriaid, a'u bwyta nhw!' mae Cariad yn protestio.

'Llofruddion!' mae Llon yn dweud.

'Wel, ie, ond efallai fod nhw ddim yn gallu gwneud digon o fwyd? Dyw'r dechnoleg ddim gyda nhw, siŵr o fod,' mae Teg yn awgrymu.

Mae lluniau wedyn yn dangos dinasoedd, trefi a phentrefi mewn sawl gwlad.

'Edrychwch ar yr adeiladau,' mae Cariad yn dweud. 'Mae rhai'n bert, ond mae lot yn ofnadwy.'

'A'r traffig,' mae Teg yn ateb. 'Meddyliwch am y deuocsid carbon!'

'Wel, dw i eisiau mynd yno,' mae Llon yn dweud wrth Teg, wedyn.

'Wyt ti'n siŵr? Beth os bydd y bobl yno'n lladd ac yn bwyta ni?'

⊞

Mae pobl Hedd yn aros am y newyddion nesa bob dydd.

'Problemau ym Mharadwys!' maen nhw'n darllen ar eu sgriniau nawr.

---

hela   *to hunt*   llofrudd(ion)   *murderer(s)*

'Mae gwyddonwyr wedi ffeindio lluniau ar y disg aur. Mae *Voyager* yn dod o blaned hardd iawn, yn sicr, ond mae problemau yno, hefyd, maen nhw'n credu.

"Dyn ni'n poeni bod y bobl ddim yn gofalu am eu planed a'r creaduriaid yno,' meddai Call ap Cryf. 'Hefyd mae rhai pobl yn gyfoethog, ond rhai'n dlawd iawn. Dyw hi ddim yn gymdeithas deg, fel cymdeithas Hedd.'

'Ydyn nhw'n bobl ddrwg, dych chi'n credu?' mae'r newyddiadurwr yn gofyn i Call.

'Nac ydyn. Twp, efallai, ond dim yn ddrwg. Maen nhw'n caru'u teuluoedd. Maen nhw'n gwneud cerddoriaeth a chelf hyfryd. Ac maen nhw wedi anfon y *Voyager* aton ni, gyda'r disg aur.'

'Felly maen nhw eisiau gwneud ffrindiau gyda ni, dych chi'n credu?'

'Ydyn. 'Dyn ni'n siŵr o ffeindio'u planed nhw cyn bo hir. Wedyn byddwn ni'n cysylltu â nhw.'

Dros yr wythnosau nesa mae'r tîm yn gweithio ar eu mapiau o'r gofod. Un diwrnod maen nhw'n galw cyfarfod i'r Wasg. Mae'r tîm cyfan yno: Teg, Llon, Cariad, Mwyn, Call, Gwir – pawb.

'Mae newyddion pwysig gyda ni,' mae Call yn dweud wrth y bobl a'r camerâu. "Dyn ni wedi ffeindio cartre *Voyager*. 'Planed CS234-751 yw hi, i ni. Ond ar y disg aur ei henw hi yw "Earth".'

'Ble mae hi?' mae un o'r newyddiadurwyr yn gofyn.

---

cyfoethog	*rich*	newyddiadurwr	*reporter(s),*
tlawd	*poor*	(newyddiadurwyr)	*journalist(s)*
cymdeithas	*society*	pell	*far*
cysylltu â	*to contact / connect*	grŵp o sêr	*constellation*
y Wasg	*the press*		

'Mae hi'n bell iawn, iawn o Hedd. Dyw hi ddim yn ein grŵp o sêr ni. Mae'r *Voyager* wedi teithio am flynyddoedd i'n cyrraedd ni.'

'Pryd byddwn ni'n gallu ymweld â phlaned Earth?'

''Dyn ni ddim yn gallu mynd yno, yn anffodus,' mae Call yn ateb.

'Pam? Mae ein technoleg ni'n llawer gwell na thechnoleg *Voyager*.'

'Mae pawb yn edrych ymlaen at fynd yno!' mae newyddiadurwr arall yn protestio.

'Does dim pwynt mynd,' mae Call yn ateb. 'Does dim byd yno.'

'Dim byd?'

'Dim ond llwch.'

---

llwch   *dust*

Baled y Dysgwr Dryslyd

Dw i eisiau dysgu Cymraeg,
ond mae problem gyda fi –
pryd dylwn i ddweud
'oes', neu 'ydy'?
Neu 'do', neu 'oedd',
'gwnaf', 'baswn' neu 'bydd'?
Dw i'n trio ac yn trio
ond dw i'n drysu mwy pob dydd.

Dw i eisiau dysgu Cymraeg,
ond y cwestiwn i fi yw,
sut dych chi'n dweud
'rhoi', 'rhew' a 'rhyw'?
'Llwy', 'llaw' a 'lliw' –
dyn nhw ddim i gyd yr un peth;
Dw i'n gwybod bod gwahaniaeth,
ond dw i'n methu cofio beth!

Dw i eisiau dysgu Cymraeg,
ond mae ofn arna i;
pryd dylwn i ddweud
'tŷ', 'dŷ' neu 'nhŷ'?
'Bangor' neu 'Mangor',
'Caerdydd' neu 'Gaerdydd'?
O, fydda i'n gallu deall
y treigladau hyn, ryw ddydd?

---

dryslyd	*confused*	gwahaniaeth	*a difference*
i gyd	*all*	methu	*to be unable to*

Dw i eisiau dysgu Cymraeg,
ond mae fy mhen yn dechrau brifo.
Oes rhywun yn gallu esbonio
y ffordd iawn o rifo?
'Ugain' neu 'dau ddeg'?,
'Dau', 'dwy', 'tair' neu 'tri'?
'Un deg pump' neu 'pymtheg'?
Does dim syniad gyda fi!

Dw i eisiau dysgu Cymraeg,
ond a dweud y gwir i chi,
dw i'n credu bod yr holl beth
yn rhy anodd i fi.
Mae'r geiriau'n ddigon drwg,
ond mae'r treigladau'n waeth;
fydda i byth yn gallu siarad,
nag ysgrifennu'r iaith!

Ond dw i eisiau dysgu Cymraeg,
dw i'n dwlu arni hi!
Dw i wrth fy modd 'da'r iaith,
ac mae'n bwysig iawn i fi.
Felly rhaid i mi ddal ati,
a gobeithio fydda i'n gwella,
ac efallai fydda i'n gallu
deall flwyddyn nesa!

---

brifo	*to hurt*	yr holl beth	*the whole thing*
y ffordd iawn	*the right way*	dwlu ar	*to be crazy about*
rhifo	*to count*	dal ati	*to stick at it*
a dweud y gwir	*to tell the truth*	gwella	*to improve*

Y Dyn ar y Mynydd

Pan o'n i'n ddyn ifanc ces i brofiad od iawn. Dyma'r stori.

Ar ôl gadael yr ysgol es i i'r coleg ym Mangor i hyfforddi fel athro. Wedyn ces i waith mewn ysgol yn Lloegr. Ro'n i'n hoffi'r ysgol, ond roedd hiraeth arna i am Gymru. Felly pan welais i hysbyseb am athro yn Aberystwyth ceisiais i am y swydd.

Diwrnod braf ym mis Mawrth 1983 oedd hi. Gyrrais i i Aberystwyth ar gyfer y cyfweliad. Roedd yr ysgol ar y bryn. Edrychais i lawr ar y dre bert a'r traeth heulog. Roedd y môr yn las. Gobeithio caf i'r swydd! meddyliais.

Aeth y cyfweliad yn iawn ac ro'n i mewn hwyliau da wedyn. Es i'n ôl i'r car ac edrych ar y map. Basai hi'n braf gyrru adre drwy'r mynyddoedd, penderfynais i.

Cyn gadael Aberystwyth prynais i frechdanau. Roedd hi'n brynhawn hyfryd wrth i mi yrru ar hyd y lôn fach, dawel. Roedd y ffordd yn dringo i fyny drwy'r amser. Cyn bo hir ro'n i yng nghanol bryniau caregog. Gwelais i le perffaith i stopio am bicnic wrth bont fach.

Roedd hi'n dawel iawn. Doedd dim traffig. Dim tai. Dim pobl. Dim ond defaid ac adar, a sŵn y nant yn rhuthro dan y bont. Roedd e'n teimlo fel byd arall. Byd gwyllt, unig, ond bendigedig. Ro'n i wrth fy modd yno.

Ar ôl bwyta fy mrechdanau penderfynais i fynd am dro bach cyn gyrru adre. Wedyn clywais i aderyn yn galw. Cri uchel, drist oedd hi. Roedd aderyn mawr yn hedfan

profiad	*experience*	caregog	*rocky*
hyfforddi	*to train*	rhuthro	*to rush*
mewn hwyliau da	*in good spirits*		

uwchben. Efallai taw barcud coch oedd e! Do'n i erioed wedi gweld barcud coch. Doedd dim llawer o ohonyn nhw ar ôl yn y 1980au, dim fel nawr. Hedfanodd yr aderyn yn uwch, wedyn diflannodd e dros y bryn. Penderfynais i ei ddilyn.

Erbyn i mi gyrraedd pen y bryn ro'n i'n boeth ac allan o wynt. Eisteddais i lawr ar y gwair byr. Roedd golygfa wych o'r mynyddoedd o gwmpas. Yna gwelais i'r barcud coch, yn hofran yn araf uwch fy mhen. Roedd e'n fendigedig! Gwyliais i'r barcud tan iddo fe hedfan i ffwrdd. Roedd yr haul yn braf ar fy wyneb. Ro'n i wedi blino. Caeais i fy llygaid …

Pan ddihunais i roedd y tywydd wedi newid. Roedd hi'n niwlog. Do'n i ddim yn gallu gweld y cwm lle ro'n i wedi gadael y car. Do'n i ddim yn siŵr pa ffordd i fynd. Dechreuais i gerdded, ond ar ôl crwydro am chwarter awr ro'n i ar goll. Stopiais i. Roedd popeth yn llwyd. Basai rhaid i fi aros yma tan i'r niwl godi.

Dw i'n dwp, yn mynd am dro yn y mynyddoedd heb y dillad addas! meddyliais i, hanner awr yn ddiweddarach. Ro'n i'n damp ac yn oer. Faint o'r gloch roedd hi'n mynd yn dywyll? Do'n i ddim yn siŵr. Ond do'n i ddim eisiau treulio'r noson ar y mynydd. Dechreuais i gerdded eto.

Ow! Ro'n i wedi cicio carreg. Clywais i'r garreg yn rholio i lawr y bryn, yn taro yn erbyn creigiau. Stopiais i'n stond. Efallai fod dibyn reit o fy mlaen i! Gallwn i gerdded drosto fe yn y niwl a chwympo i lawr y mynydd.

Ces i sioc arall wedyn pan darodd rhywbeth fy nghoesau.

barcud coch	*red kite*	ar goll	*lost*
diflannu	*to disappear*	addas	*appropriate*
dihuno	*to wake up*	dibyn	*edge, precipice*
crwydro	*to wander*		

'Aa!' gwaeddais i.

Rhedodd y peth heibio i fi. Dafad oedd hi, siŵr o fod. Y moment nesa clywais i gi'n cyfarth.

'Bow-wow!' Wedyn roedd ci defaid yn dawnsio o fy nghwmpas.

'Helô! Pwy wyt ti?' dwedais i.

Clywais i chwibaniad, wedyn rhywun yn galw.

'Betsi!'

Rhedodd y ci i ffwrdd.

'Helô! Oes rhywun yno?' gwaeddais i. 'Helô?'

O fewn munud wedyn ymddangosodd y ci o'r niwl eto, a dyn ar ei ôl e.

'Shwmae!' galwodd y dyn. 'Mae Betsi wedi bod yn dweud wrthyf i fod rhywun yno. Mae clustiau da iawn gyda hi!'

'Diolch byth amdani hi, felly,' dwedais i. 'Dw i wedi mynd ar goll yn y niwl. Ro'n i'n poeni am gerdded dros ddibyn.'

'Digon teg. Mae hi'n gallu bod yn beryglus lan yma os dych chi ddim yn nabod y lle.'

Dyn tal oedd e gyda barf gwyn. Roedd e yn ei saithdegau, siŵr o fod, ond roedd e'n edrych yn ffit iawn. Roedd e'n gwisgo hen siaced a chap. Yn ei freichiau roedd e'n cario oen bach.

'Mae'r oen yma wedi mynd ar goll, hefyd. Dyna pam mae e'n crio am ei fam!' dwedodd e. 'Nawr 'te, o ble dych chi wedi dod?'

'Gadawais i fy nghar wrth bont fach yn y cwm.'

'A, dw i'n gwybod. Popeth yn iawn! Dangosa i'r ffordd i chi. Dyw hi ddim yn bell. Ac mae Betsi'n gallu ffeindio'i ffordd mewn unrhyw dywydd.'

| taro | to hit, strike | ymddangos | to appear |
| chwibaniad | whistle | | |

126

'Roedd hi'n hyfryd yma, cyn i'r cymylau ddod,' dwedais i.

'Lle hardda yn y byd yw hwn – pan nad yw hi'n bwrw glaw!' Chwarddodd y dyn. 'Reit, barod?'

Ar ôl cerdded am rai munudau sylweddolais ein bod ni wedi dechrau mynd i lawr y bryn. Hwrê! Roedd y niwl yn deneuach yma ac ro'n i'n gallu gweld y llwybr. Cyn bo hir stopiodd y dyn.

'Dyna chi!' meddai. 'Byddwch chi'n iawn nawr. Rhaid i fi a Betsi fynd i ffeindio mam yr oen yma. Ond os dych chi'n dilyn y llwybr byddwch chi'n cyrraedd yr heol a'r bont.'

'Gwych!' atebais i. 'Diolch i chi, Mr …?'

'Iwan Roberts.'

'Huw Price dw i,' dwedais i.

'Braf cwrdd â chi!'

'A chi. Wel, diolch yn fawr i chi am eich help. I ti, hefyd, Betsi,' ychwanegais i.

Dechreuais i gerdded i lawr y bryn. Troiais i wedyn a galw, 'Hwyl fawr!' Ond roedd Iwan Roberts wedi diflannu yn y niwl.

Ro'n i'n falch iawn o gyrraedd fy nghar o'r diwedd. Roedd hi'n mynd yn dywyll wrth i mi yrru drwy'r bryniau. Cyn bo hir dechreuodd y ffordd fynd i lawr bryn serth. Ro'n i'n gallu gweld goleuadau yn y cwm o fy mlaen i. Wedyn gwelais i dafarn wrth ochr y ffordd. Penderfynais i stopio yno.

Hen dafarn ffermwyr oedd hi. Roedd tân yn llosgi'n braf yn y bar. Eisteddais i lawr gyda hanner peint a bag o greision. Ar y waliau roedd lluniau a ffotograffau. Wedi yfed fy nghwrw codais i a mynd i edrych arnyn nhw.

---

chwarddodd	*laughed*	sylweddoli	*to realise*
(chwerthin	*to laugh*)	serth	*steep*

Roedd llun du a gwyn o ddyn tal gyda barf. Roedd ci wrth ei ochr. Dan y llun roedd y geiriau: 'Iwan Roberts gyda'i gi Betsi. Enillydd Treialon Cŵn Defaid, 1951'.

Dyna'r dyn oedd ar y mynydd! meddyliais i. Wedyn edrychais i eto ar y dyddiad:1951. Y flwyddyn 1983 oedd hi nawr. Ond yn y llun roedd Iwan Roberts yn edrych yn union fel roedd e heddiw! A beth am Betsi? Does dim ci erioed wedi byw i fod dros 30 oed! Rhaid bod y dyddiad yn anghywir, meddyliais i.

'Dych chi'n nabod y dyn yn y ffoto 'ma?' gofynnais i i'r ferch y tu ôl i'r bar.

'Nac ydw, sorri. Ond falle fod fy nhad-cu yn ei nabod e. Dad-cu!' galwodd hi.

Daeth hen ddyn drwy'r drws y tu ôl i'r bar.

'Dych chi'n nabod y person yn y llun yna, Dad-cu?' gofynnodd y ferch.

'Ydw, siŵr. Iwan Roberts yw hwnna. Hen foi da oedd e. Roedd e'n hoff iawn o'r ci 'na, Betsi. Ond mae Iwan wedi marw ers deg mlynedd a mwy erbyn hyn.'

Wedi marw! meddyliais i. Pwy oedd y dyn ar y mynydd, felly?

'O, reit,' dwedais i. 'Oedd mab gyda fe?'

'Nac oedd. Roedd tair merch hyfryd gyda fe, ond dim mab.'

Rai dyddiau wedyn clywais i fy mod i wedi cael y swydd yn Aberystwyth. Dw i wedi bod yn hapus iawn yma am y tri deg mlynedd diwetha. Dw i'n mynd i gerdded yn y mynyddoedd yn aml. Dw i erioed wedi gweld Iwan Roberts eto, yn anffodus. Ond dw i'n hoffi meddwl fod e dal yma, yn crwydro'r bryniau, gyda Betsi wrth ei ochr.

| treialon cŵn defaid | *sheepdog trials* | dal | *still (it)* |
| yn union | *exactly (it)* | | |

Garddio Gwallgof

Mae Bethan yn rowlio drosodd yn y gwely. Mae hi'n edrych ar y cloc. Dim ond pump o'r gloch yw hi. Mae hi'n gallu mynd yn ôl i gysgu … Ond yn sydyn mae hi'n cofio. Y Diwrnod Mawr yw e heddiw! Diwrnod Cymru yn ei Blodau. Mae llawer gyda hi i'w wneud …

Dechreuodd popeth chwe mis yn ôl, ar noson ddiflas ym mis Chwefror. Roedd Clwb Garddio Nant-y-waun yn cwrdd yn neuadd y pentre. Dim ond chwech o bobl oedd yno.

Bethan oedd yr ysgrifennydd. 'O diar,' dwedodd hi. 'Does dim llawer o bobl yn dod heno, dw i ddim yn credu.'

'Dyw pobl ddim eisiau meddwl am arddio pan mae'n oer ac yn wlyb,' dwedodd Dai Elis.

'Twt!' dwedodd Richard Powell, y trysorydd. 'Does dim amser i ymlacio, os dych chi eisiau gardd neis yn yr haf!'

Ie, ie, meddyliodd Bethan. Roedd gardd Richard bob amser yn berffaith. Dim fel ei gardd hi.

'Iawn, gwell i ni ddechrau'r cyfarfod,' dwedodd Elisabeth Rhys-Morgan, y cadeirydd, yn ei llais dim nonsens. (Weithiau roedd Elisabeth yn atgoffa Bethan o Margo yn *The Good Life*.) 'Nawr, 'te, dw i eisiau siarad â chi am rywbeth cyffrous iawn. Cymru yn ei Blodau!'

'Beth yw hynny?' gofynnodd Rhiannon Williams.

'Cystadleuaeth, bob blwyddyn ym mis Gorffennaf,' atebodd Elisabeth. 'Dw i'n meddwl dylai Nant-y-waun drio eleni.'

---

gwallgof	*mad, crazy*	cadeirydd	*chairperson*
Cymru yn ei Blodau	*Wales in Bloom*	cystadleuaeth	*competition*
trysorydd	*treasurer*		

'Mae'n syniad da, Elisabeth, wrth gwrs. Syniad gwych, wir,' dwedodd Richard yn sebonllyd. 'Ond fasen ni byth yn barod eleni. Rhaid i bopeth fod yn berffaith os dych chi eisiau ennill Cymru yn ei Blodau.'

'Nonsens!' dwedodd Elisabeth. 'Mae digon o amser gyda ni.'

Roedd Dai'n eistedd wrth ochr Bethan. 'Mae'n help os oes garddwr i wneud eich gardd i chi, fel sy gydag Elisabeth!' sibrydodd e wrth Bethan.

'Sh!' hisiodd Bethan, yn ceisio peidio chwerthin.

'Mater o wneud i'r pentre edrych yn smart ac yn bert yw e,' aeth Elisabeth yn ei blaen. 'Bydd hi'n beth da iawn i Nant-y-waun. Pawb yn cydweithio ac yn helpu'i gilydd.'

'Basai'r plant yn hoffi helpu, dw i'n siŵr,' dwedodd Rhiannon. Athrawes ifanc yn Ysgol Gynradd Nant-y-waun oedd hi.

'A Merched y Wawr,' dwedodd Cerys Price. 'Mae lot ohonon ni wrth ein bodd yn garddio.'

'Ardderchog!' meddai Elisabeth. 'Nawr 'te, rhaid i ni gael pwyllgor i drefnu popeth. Fi fydd y cadeirydd.' Dyw Elisabeth ddim yn credu mewn democratiaeth, felly! meddyliodd Bethan.

'A dw i eisiau dirprwy gadeirydd. Ti, Dai, dw i'n meddwl.'

'O, y, reit,' cytunodd Dai.

---

sebonllyd	*smarmy (literally: soapy)*	pwyllgor	*a committee*
		cadeirydd	*chair*
sibrwd	*to whisper*	dirprwy gadeirydd	*deputy chair*
cydweithio	*to cooperate, work together*		
Merched y Wawr	*literally: Women of the Dawn Welsh-language equivalent to Women's Institute*		

'Rhaid i ni gael cyfarfod i bawb yn y pentre,' aeth Elisabeth yn ei blaen. 'Gwell i ti ysgrifennu atyn nhw, Bethan, cyn gynted â phosib.'

Ar ôl y cyfarfod cerddodd Dai ar hyd y lôn gyda Bethan.

''Dyn ni'n mynd i fod yn brysur dros y misoedd nesa!' dwedodd Bethan.

'Ydyn. Ond bydd hi'n hwyl,' atebodd Dai.

'Bydd rhaid i fi wneud rhywbeth am fy ngardd i. Cartre i chwyn a malwod yw hi ar hyn o bryd, dim gardd! Dw i ddim yn gwybod lot am arddio. Dyna pam ymunais i â'r clwb, ar ôl ymddeol – i ddysgu am arddio.'

'Dim garddwr ffantastig ydw i, chwaith,' dwedodd Dai, 'ond dw i'n mwynhau. 'Jyngl' yw thema fy ngardd i.'

'Diddorol!'

Roedd pum mis gyda nhw i baratoi.

Tacluson nhw'r parc, codon nhw'r sbwriel a glanheuon nhw'r graffiti ar waliau'r toiledau a'r safle bysus.

Wedyn rhoddon nhw botiau o flodau wrth y gofgolofn rhyfel a rhosod o gwmpas drws y capel. Gaeth neuadd y pentre focsys ffenestri newydd.

Yng nghanol y pentre plannodd y Clwb Garddio flodau coch, gwyrdd a gwyn yn dweud '**Croeso i Nant-y-waun yn ei blodau**'.

Yn yr ysgol tyfodd y plant ffa dringo, tomatos, *courgettes* a blodau'r haul.

Roedd dwy dafarn yn y dre. Edrychai'r Llew Du'n smart iawn, gyda'i basgedi pert. Ond roedd tafarn y Goron yn dwll o le. Roedd dynion yn sefyll y tu allan drwy'r dydd,

---

chwyn	*weeds*	y gofgolofn rhyfel	*the war memorial*
malwod	*snails*	ffa dringo	*runner beans*

yn yfed cwrw ac yn smocio. Tacluson nhw a rhoi blodau o flaen y dafarn. Ond wedyn taflodd y dynion eu stympiau sigarennau yn y potiau blodau.

'Paid â phoeni!' dwedodd Cerys wrth Bethan. 'Byddwn ni'n dod yma ar y Diwrnod Mawr a thacluso'r lle.'

Roedd pobl y pentre yn eu gerddi, yn tacluso ac yn tocio, yn palu ac yn plannu. Yn y siop a'r stryd roedd llawer o sgwrsio am **Nant-y-waun yn ei blodau**. Roedd pobl yn mynd i weld gerddi'i gilydd ac yn rhannu planhigion a hadau.

Roedd gardd Y Plas – tŷ Elisabeth – yn grand, gyda hen goed rhododendrons, lawntiau mawr a borderi hir.

Gardd Siapaneaidd oedd gan Rhiannon: creigiau, pwll a chamelias.

Roedd gardd fach Cerys wedi'i stwffio â channoedd o flodau a llwyni lliwgar.

'Mae'n hyfryd!' dwedodd Bethan. Rhoddodd Cerys lawer o doriadau planhigion iddi hi.

'Dw i ddim yn cofio'u henwau nhw, ond dyna ti!' meddai.

Cafodd Bethan syrpréis yng ngardd Dai. Roedd hi'n llawn planhigion tal, gwyrdd: palmwydd, bananas, bambŵau, a phob math o bethau egsotig.

'Pan ddwedaist ti fod jyngl gyda ti, ro'n i'n meddwl taw metaffor oedd e!' meddai hi. 'Mae'n ffantastig.'

'Diolch. Ond mae'n lot o waith. Dechreuais i'i gwneud hi ar ôl colli fy ngwraig … Beth bynnag, sut mae dy ardd di'n dod ymlaen?'

gerddi	*gardens*	planhigion	*plants*
tocio	*to prune*	hadau	*seeds*
palu	*to dig*	llwyni	*shrubs*
plannu	*to plant*	lliwgar	*colourful*
rhannu	*to share*	toriadau	*cuttings*

'Wel, dwedodd Richard fod hi'n edrych fel rhywbeth o raglen deledu *makeover* – cyn iddyn nhw wneud y *makeover*! Ond dw i'n trio. Ac mae Cerys wedi rhoi llawer o blanhigion i fi.'

'Os wyt ti eisiau help o gwbl, jyst dwed, iawn?' cynigiodd Dai.

Erbyn mis Ebrill roedd Nant-y-waun yn dechrau edrych yn bert iawn. Ond roedd problemau weithiau. Ddwywaith daeth defaid i lawr o'r mynydd a bwyta'r blodau. Wedyn roedd ffraeon rhwng rhai o bobl y pentre. Yn Stryd y Bont roedd Hywel Edwards, Siôn Jones a John Huws yn cystadlu am y lawnt streipiog orau. Un bore edrychodd Siôn trwy'i ffenest a gweld John Huws yn mynd â'i gi shiwawa am dro. Aeth John i ardd Hywel, stopio ac aros i'r ci wneud pi-pi ar y lawnt. Rhedodd Siôn allan yn ei byjamas.

'Gwelais i hynny, y diawl!' gwaeddodd e.

Yn Heol y Parc rhoddodd Megan Prys ddeg corrach gardd ar y patio. Wedyn rhoddodd Gladys Thomas drws nesa deulu o *meerkats* yn ei gardd hi. Prynodd Megan Prys deulu o dylwyth teg, felly gaeth Gladys fwy o *meerkats*. Un bore aeth Elisabeth Rhys-Morgan heibio ar gefn ei cheffyl – stalwyn mawr, sgleiniog, o'r enw 'Major'. Stopiodd hi wrth ardd Megan.

'O diar, na!' galwodd hi. 'Rhaid i chi symud y pethau hyn, wir!'

'Beth?' gofynnodd Megan.

'Y corachod ofnadwy yma!' atebodd Elisabeth. Yna edrychodd hi dros y ffens a gweld *meerkats* Gladys. 'Duw annwyl! Rhaid iddyn nhw fynd, hefyd!'

---

defaid	*sheep*	corrach (corachod) *garden gnome(s)*
ffrae(on)	*row(s), argument(s)*	gardd
		tylwyth teg *fairies*

Ar ôl hyn roedd Gladys a Megan yn ffrindiau mawr. Roedd Elisabeth yn 'hen snob dwp', cytunon nhw.

Roedd ffrae hefyd rhwng Richard Powell, trysorydd y Clwb Garddio, a Sara a Jodie drws nesa. Roedd gardd Richard yn daclus iawn, gyda gwelyau perffaith o ffiwsias, petwnias a begonias. Gardd hanner gwyllt oedd gyda Sara a Jodie. Ro'n nhw'n cadw ieir a gwenyn.

'Mae'ch blincin ieir yn dod i fy ngardd i a dinistrio fy ngwelyau blodau!' cwynodd Richard.

'Wel, mae'r cemegau ofnadwy dych chi'n defnyddio yn yr ardd yn ddrwg i'n gwenyn ni!' atebodd Jodie.

'Twt lol!' dwedodd Richard. Cododd e ffens fawr o gwmpas ei ardd. Roedd e'n edrych fel Colditz.

Aeth y pwyllgor i sbio ar y pentrefi lleol eraill oedd yn cystadlu yn Cymru yn ei Blodau. Aeth Elisabeth a Dai i weld pentre Llanabad. Roedd Llanabad wedi ennill y gystadleuaeth bedair gwaith o'r blaen. Aeth Bethan i Bont-y-felin gyda Richard. Roedd Richard wedi pwdu, achos fod e eisiau mynd gydag Elisabeth.

Ym Mhont-y-felin roedd blodau gwyllt pert yn tyfu yn y parc ac wrth ochr y ffordd.

'Hyfryd,' dwedodd Bethan.

'Chwyn ydyn nhw!' cwynodd Richard.

Yn y pentre nesa ro'n nhw wedi plannu blodau mewn hen sinciau, toiledau a baths.

'Maen nhw'n edrych yn ofnadwy!' sylwodd Richard.

Ar ôl gweld y blodau gwyllt ym Mhont-y-felin aeth Bethan i'r ganolfan arddio. Yno roedd pacedi o hadau, gyda'r geiriau: *Fast-growing flower mix. Perfect for children.*'

ieir	hens	Twt lol!	*Utter nonsense!*
gwenyn	bees	wedi pwdu	*sulking*
dinistrio	*to destroy*	tyfu	*to grow*

134

Perffaith i fi, felly! meddyliodd hi. Prynodd hi ddeg paced o'r hadau. Taflodd hi nhw i gyd ar ei gardd. 'Tyfwch, plis!' dwedodd hi, wrth roi dŵr arnyn nhw.

Y diwrnod nesa cwrddodd y pwyllgor.

'Nawr 'te, bawb,' dwedodd Elisabeth. 'Mae Llanabad wedi mynd yn 'ecogyfeillgar'. Gwesty gwenyn, blodau gwyllt, plannu llysiau mewn teiars ac ati. Rhaid i ni wneud rhywbeth tebyg yma – ond gwell!'

'Clywch, clywch, Elisabeth! Da iawn,' meddai Richard.

Hy! meddyliodd Bethan. Dwedaist ti ddoe fod blodau gwyllt yn chwyn.

'Gwelon ni flodau mewn hen sinciau a thoiledau ac ati,' dwedodd hi. 'Roedd hi'n wych, on'd oedd hi, Richard?'

'O, oedd,' cytunodd Richard.

'Diddorol,' dwedodd Elisabeth. 'Wel, dw i wedi penderfynu. Byddwn ni'n gwneud pwll yn y parc. Pwll bywyd gwyllt. Bydd y Clwb Ffermwyr Ifanc yn gwneud y gwaith. Wedyn bydd rhaid i bawb ffeindio brogaod a malwod dŵr i'w rhoi ynddo fe, iawn?'

'Bydd hynny'n hwyl!' meddai Bethan yn dawel wrth Dai. Chwarddodd e.

Roedd Cerys a'i ffrindiau o Ferched y Wawr wedi mynd i weld pentre Aber-craig. 'Peidiwch â dweud wrth neb, ond cawson ni un neu ddau o blanhigion neis, ar y slei!' dwedodd hi. 'Gallen ni eu plannu nhw wrth y pwll newydd.'

'Bendigedig,' sylwodd Elisabeth. 'Reit, bobl, mae lot o waith i'w wneud. Ymlaen â ni!'

---

eco- gyfeillgar	*eco-friendly*	bywyd gwyllt	*wildlife*
tebyg	*similar*	brogaod	*frogs*
Clywch, clywch!	*Hear, hear!*		

Erbyn yr wythnos wedyn roedd y Ffermwyr Ifanc wedi gorffen palu'r pwll. Roedd Merched y Wawr yn brysur yn rhoi planhigion yn y dŵr ac o gwmpas y pwll. Roedd Dai'n cerdded heibio wedyn pan welodd e blanhigion tal, gwyrdd, od.

'Dw i wedi gweld y cyfan nawr!' dwedodd e wrth Bethan. 'Mae Cerys a'i mêts wedi plannu canabis wrth y pwll! Dere i weld.'

'Dyna'r planhigion gaeth Cerys yn Aber-craig,' meddai Bethan. 'Wps!' Wedyn cofiodd hi. 'Hei, rhoddodd Cerys rai o'r planhigion i Richard, hefyd! O diar mi …'

Roedd Dai'n chwerthin. 'Wyt ti'n mynd i ddweud wrtho fe?'

'Efallai …'

⊞

Heddiw, o'r diwedd, yw diwrnod y gystadleuaeth. Mae Bethan a'r pwyllgor yn dechrau am chwech o'r gloch y bore yn codi sbwriel, brwsio'r stryd, rhoi dŵr i'r blodau, a gwneud yn siŵr fod popeth yn barod. Am wyth o'r gloch mae Elisabeth yn trotian heibio ar gefn ei cheffyl.

'Popeth yn iawn, bawb?' mae hi'n galw.

'Ydy, gobeithio!'

'Ardderchog! Reit, *trot on*, Major!'

Mae'r ceffyl wedi gwneud ei fusnes yng nghanol y ffordd. Mae Bethan yn mynd i nôl ei brws.

Bydd y beirniaid yn cyrraedd am ddau o'r gloch. Byddan nhw'n dechrau yng ngardd y plas. Wedyn bydd Elisabeth a Dai'n mynd â nhw o gwmpas y pentre i weld popeth. Byddan nhw'n cyrraedd canol y pentre'n olaf, ac yn cael te wedyn yn y neuadd.

y cyfan	*everything*	neuadd	*hall*
beirniaid	*judges*		

Yn y prynhawn mae Bethan yn y neuadd gyda Cerys a Merched y Wawr, yn gwneud brechdanau. Mae'r beirniaid yn y pentre. Gobeithio bod popeth yn mynd yn dda! mae Bethan yn meddwl. Yn sydyn, mae grŵp o blant yn rhedeg i mewn.

'Rhaid i chi ddod! Brysiwch!' maen nhw'n gweiddi. 'Mae'r defaid yn bwyta arwydd '**Nant-y-waun yn ei blodau**'!

Erbyn i Bethan gyrraedd mae pobl wedi gyrru'r defaid i ffwrdd. Ond mae hanner y blodau wedi mynd.

'C oeso i nant a n yn e loda ' mae hi'n darllen. O na! Beth maen nhw'n mynd i'w wneud?

'Ble mae'r beirniaid, dych chi'n gwybod?' mae Bethan yn gofyn i'r plant.

'Yn Heol y Parc.'

Reit, mae Bethan yn meddwl. Byddan nhw'n cyrraedd canol y pentre mewn hanner awr.

'Rhedwch i Heol y Parc a dweud wrth Dai Elis – yn dawel – beth sy'n digwydd!' mae hi'n dweud wrth y plant. 'Dwed wrtho fe am arafu!'

Mae Bethan yn meddwl yn gyflym. Rhaid iddyn nhw gael mwy o flodau i'w rhoi yn y bylchau. Blodau coch a gwyn, perffaith. Ble maen nhw'n gallu eu cael nhw? Gardd Richard, y trysorydd! Ond fydd e'n rhoi'r planhigion iddi hi? Wel, bydd rhaid iddo fe!

Mae hi'n rhedeg i Lôn yr Eglwys. Ond pan mae hi'n cyrraedd tŷ Richard mae'r gât ar gau. Dan glo. Mae hi'n cnocio ac yn galw, 'Richard! Help!' Dim ateb. Rhaid bod e wedi mynd gyda'r beirniaid o gwmpas y pentre. Ydy hi'n gallu dringo'r ffens Colditz? mae hi'n meddwl yn wyllt.

---

beth sy'n digwydd	*what's happening*	dan glo	*locked*
bylchau	*gaps*		

Dim heb help ... Beth am Jodie a Sara, drws nesa? Mae hi'n dechrau rhedeg eto.

Hanner awr wedyn mae Bethan yn rhedeg i lawr yr heol i ganol y pentre, yn cario bocs llawn blodau. Mae ei gwallt hi'n hedfan, mae mwd ar ei dillad ac mae ei llygaid yn wyllt.

'Ydw i'n rhy hwyr?' mae hi'n pwffian.

'Nac wyt. Dyw'r beirniaid ddim wedi cyrraedd eto!' mae Cerys yn ateb.

Mae pobl yn brysio i blannu'r blodau yn y bylchau. Wrth i'r planhigyn olaf fynd i mewn a gwneud yr 'R' yn 'Croeso' mae Bethan yn edrych i fyny. Dyma'r beirniaid yn dod! Mae Elisabeth yn gwenu ac yn siarad yn uchel.

'A dyma ein *pièce de résistance* ni!' mae hi'n dweud.

Nes ymlaen mae pawb yn y neuadd, yn mwynhau'r te blasus. Dyw Bethan ddim wedi bwyta heddiw – roedd hi'n rhy nerfus – felly mae hi'n llenwi'i phlât â brechdanau, teisen lemwn, treiffl sieri a sgons jam a hufen. Mae hi'n ymlacio wrth wrando ar blant yr ysgol yn canu 'Llwyn Onn'. Bydd hi'n mynd yn ôl mewn munud am ddarn o deisen siocled, mae hi'n penderfynu.

Ar ôl i'r côr orffen canu mae Elisabeth a Dai'n dod draw ati hi.

'Dw i'n mynd rownd i ddiolch i'r trŵps,' mae Elisabeth yn dweud. 'Mae pawb wedi gwneud gwaith bendigedig!'

'Sut aeth e gyda'r beirniaid?' mae Bethan yn gofyn.

'Ardderchog. Ro'n nhw'n hoffi dy ardd di, gyda'r pilipalod yn hedfan o gwmpas, ac ati. Gardd naturiol iawn, dwedon nhw. Da iawn, ti!'

---

pilipalod   *butterflies*

Ar ôl i Elisabeth symud ymlaen mae Dai'n eistedd i lawr wrth ochr Bethan.

'Dyna un gair am fy ngardd i – "naturiol"!' mae Bethan yn dweud.

Mae Dai'n chwerthin. 'Roedd hi'n lwcus dy fod di wedi achub '**Nant-y-waun yn ei blodau**' mewn pryd,' mae e'n dweud. 'Ble cest ti'r blodau?'

'Gardd Richard. Bydd ei wyneb yn bictiwr pan fydd e'n mynd adre a gweld ei welyau blodau. O diar!'

'Rwyt ti'n gwybod beth 'dyn ni angen nawr?' mae Dai'n gofyn. 'Gwydraid o win, neu ddau …'

'Mm. Drueni fod dim gwin yma.'

'Mae potelaid o win gwyn hyfryd gyda fi yn y tŷ. Gallwn ni eistedd yn y jyngl a'i yfed.'

'Syniad da iawn,' mae Bethan yn dweud.

---

achub	*to save*	gwydraid o	*a glass of*
mewn pryd	*in time*	potelaid o	*a bottle of*
wyneb	*face*		

Wythnos Wyrthiol

Dydd Llun

Roedd hi'n dawel iawn yn swyddfa Tai Teidi. Roedd Llio wedi blino eistedd wrth ei desg, yn edrych ar y stryd. Roedd llawer o bobl yn cerdded heibio, yn cario bagiau siopa. Ond doedd neb yn dod i mewn. Diflas!

Yna stopiodd cwpl i edrych yn y ffenest. Hwrê!

'Maen nhw eisiau prynu hen ffermdy, dw i'n meddwl,' dwedodd Llio wrth Brychan a Meic, y staff eraill. 'Aga, sinc Belfast, stof sy'n llosgi pren …'

'Na,' atebodd Brychan. 'Tŷ newydd maen nhw eisiau. Cegin sgleiniog, tair ystafell ymolchi, garej ddwbl.' Mae'r staff yn hoffi chwarae 'bingo tai' pan mae hi'n dawel yn y swyddfa.

Trodd y cwpl a cherdded ymlaen lawr y stryd.

'Dim lwc,' dwedodd Meic. 'Gwna baned o goffi i ni, Llio, wnei di?'

'Dy dro di yw e!' protestiodd hi. 'Beth bynnag, pam mae busnes mor dawel yn ddiweddar?'

'Oherwydd y blincin Nadolig,' atebodd Brychan. Does neb eisiau prynu tŷ ym mis Rhagfyr.'

Nadolig … help! meddyliodd Llio. 'Dw i ddim wedi gwneud dim comisiwn ers mis Hydref!'

'Paid poeni. Bydd hi'n brysur ym mis Ionawr,' meddai Meic. 'Mae pobl yn ffraeo dros y Nadolig, yn penderfynu cael ysgariad ac yn gwerthu'r tŷ.

'O, mae hynny'n drist.'

---

gwyrthiol	*miraculous*	ffraeo	*to argue, row*
llosgi	*to burn*	ysgariad	*divorce*
pren	*wood*		

'Ond mae'n fusnes da i ni!'

'Reit, rhaid i fi fynd.' Cododd Brychan. 'Mae pobl o Lundain eisiau gweld Plas Heulog. Bonws Nadolig neis i fi, gobeithio!'

Plas Heulog oedd y tŷ drutaf ar lyfrau Tai Teidi – miliwn a hanner o bunnau. Roedd Llio wedi bod yno gyda Brychan unwaith, i dynnu'r ffotos. (Roedd e'n ceisio ei dysgu i dynnu lluniau da. Fel arfer roedd hi'n tynnu llun o'r carped neu'r nenfwd.) Tŷ hyfryd oedd Plas Heulog, roedd Llio'n meddwl. Fictoraidd, rhamantus, gyda gerddi mawr a hen orendy.

O wel. Dechreuodd hi deipio disgrifiad o dŷ teras bach yn Stryd y Felin: 'Bwthyn dwy ystafell wely. Cartre hyfryd i gwpl neu deulu ifanc …' Ie, os dych chi eisiau byw mewn cwpwrdd! meddyliodd hi.

Canodd y ffôn. 'Bore da, Tai Teidi!' atebodd hi. 'Ga i'ch helpu chi?'

'Hoffwn i weld Rose Cottage, yn Lôn y Capel,' dwedodd dyn.

Grêt! Fasai prynhawn yfory'n eich siwtio chi?' gofynnodd Llio.

'Iawn.'

Amser cinio aeth Llio draw i dŷ yn Heol y Parc. Mr Haydn Prydderch oedd yn arfer byw yn y tŷ – hen ddyn neis iawn. Buodd e farw ym mis Medi. Roedd ei deulu'n gwerthu'r tŷ. Y Cleientiaid o Uffern. Do'n nhw ddim yn siarad â'i gilydd. Roedd delio â nhw fel gweithio i *Relate*.

Yn y *conservatory* roedd pymtheg bwji, acwariwm pysgod ac un igwana mawr mewn tanc. Doedd y teulu

---

| nenfwd | *ceiling* | uffern | *hell* |
| buodd e farw | *he died* | | |

ddim eisiau gofalu amdanyn nhw, felly roedd Llio'n dod i'r tŷ weithiau. Roedd Brychan a Meic yn dweud bod hi'n wallgof, ond doedd hi ddim yn gallu gadael i'r creaduriaid farw, oedd hi?

'Helô, bawb!' galwodd hi. 'Dyma ginio neis i chi,' meddai wrth y bwjis. Bwydodd hi'r pysgod wedyn, ac yna aeth at danc yr igwana. Agorodd hi'r drws yn araf. Gobeithio fod e'n cysgu ... ond na! Dechreuodd yr igwana ddringo lawr ei goeden fach. Help! meddyliodd Llio. Ydy igwanas yn cnoi?! 'Aros yna, Igi!' meddai, yn taflu'r bwyd i'r fowlen a chau'r drws yn gyflym. 'Dyna igwana bach da!' Bach? meddyliodd hi wedyn. Mae e'n enfawr! Beth dw i'n mynd i'w wneud pan mae'n rhaid glanhau'r tanc?!

Treuliodd Llio'r prynhawn yn e-bostio a ffonio pobl ar lyfrau Tai Teidi, yn trio perswadio nhw i edrych ar un o'u tai. Cytunodd menyw i edrych ar 7 Lôn yr Ysgol. Grêt! Ffoniodd Llio'r perchennog, Mr James, a gwneud apwyntiad ar gyfer bore dydd Mercher. Basai hynny'n rhoi amser iddo fe dacluso, gobeithio. Y tro diwetha roedd pants a sanau brwnt ar lawr ei ystafell wely.

'Rwyt ti'n gwneud yn dda heddiw, Llio!' dwedodd Meic wedyn.

'Mm. Efallai caf i fonws Nadolig bach, hefyd!'

Dydd Mawrth
Roedd y tywydd wedi troi'n oer. Roedd côt denau Llio gyda hi ers dyddiau coleg. Falle caiff hi un newydd mewn

gwallgof	*mad*	cytuno	*to agree*
creaduriaid	*creatures*	perchennog	*owner*
cnoi	*to bite, chew*	brwnt	*dirty*
enfawr	*enormous*	cynnig	*an offer; to offer*

sêl ym mis Ionawr, meddyliodd hi, os bydd arian gyda hi o gwbl ar ôl y Nadolig!

Ond cafodd hi newyddion da yn y gwaith. Roedd Caryl a Rhys Jones eisiau gwneud cynnig am dŷ Mrs Bowen yn Stryd yr Eglwys. Ar ôl iddi hi ffonio'n ôl ac ymlaen cytunon nhw ar bris. Hwrê! Nawr basai Mrs Bowen yn gallu prynu'r byngalo roedd hi eisiau, oedd ar lyfrau Tai Teidi hefyd.

Wedyn canodd y ffôn eto. 'Bore da, Tai Teidi.' Mrs Jenkins o Heol y Bont oedd yno.

'Dw i ddim yn hapus gyda'r lluniau dych chi wedi'u tynnu o fy nhŷ!'

'O, mae'n ddrwg gyda fi. Ga i ofyn pam?'

'Dw i ddim yn hoffi'r ffens.'

'Eich ffens chi, Mrs Jenkins?'

'Ie. Mae'n edrych yn ofnadwy yn y lluniau.'

O diar. Ond ffens yw ffens, meddyliodd Llio. Beth mae hi eisiau i fi wneud, defnyddio Photoshop ar y blincin lluniau? Ond cytunodd hi i gymryd y ffotos eto.

Agorodd y drws wedyn a daeth Megan Prys i mewn.

'Bore da, bawb!'

Mae Megan yn dod i'r swyddfa'n bron bob dydd. Mae hi'n hoffi eistedd a chael sgwrs. 'Cymeriad' yw hi. Heddiw roedd hi'n gwisgo hen gôt ffwr, het binc, tracsiwt goch a bŵts Dr. Martens porffor.

'Bore da. Sut dych chi?' gofynnodd Llio.

'Da iawn, diolch.' Eisteddodd hi lawr. 'Brrr, mae'n oer heddiw!'

'Paned?' Mae Llio'n mwynhau siarad â Megan pan mae hi'n dawel yn y swyddfa. Mae hi'n llawn storïau am y dre a'i phobl.

---

cymeriad   *character*

'Hyfryd. Diolch, Llio.' Pwyntiodd hi at lun o Blas Heulog. 'Dyna le hoffwn i fyw.'

'Fi hefyd, pan dw i'n ennill y Loteri!'

'Sorri, ferched, ond dw i wedi gwerthu Plas Heulog,' meddai Brychan. 'Wel, gobeithio mod i wedi. Dw i'n aros am alwad ffôn gan bobl o Lundain.'

'O Lundain?' dwedodd Megan. 'Pam maen nhw eisiau prynu tŷ yma?'

'Pwy a ŵyr? Bancwyr ydyn nhw. Mae arian yn dod allan o'u clustiau nhw.'

'Bancwyr? Peidiwch cymryd eu harian brwnt nhw, y diawliaid!'

Yn y prynhawn aeth Llio i Lôn y Capel i ddangos Rose Cottage i Mr a Mrs Carter. Doedd Mr Carter ddim yn hapus.

'Does dim dreif yma!' cwynodd e.

'Wel, nac oes, ond cewch chi barcio ar yr heol ...'

'Dw i ddim yn mynd i adael fy nghar i ar yr heol!' Roedd car mawr du gyda fe, fel tanc. 'Efallai fasai hi'n bosib gwneud lle parcio yn yr ardd ffrynt,' dwedodd e wedyn, yn stampio ar y planhigion wrth gerdded o gwmpas.

Roedd Mrs Carter yn hoffi'r bwthyn.

'Dyn ni'n chwilio am gartre gwyliau bach,' esboniodd hi. 'Mae hwn yn berffaith.'

Aethon nhw i'r gegin. 'Edrycha ar y *range* hyfryd, Brian! Mae'n hen iawn, mae'n siŵr.'

'Mm,' atebodd e. 'Ond ble basai'r peiriant golchi llestri'n mynd?'

---

pwy a ŵyr?	who knows?	dangos	*to show*
	goodness knows	peiriant golchi	*dishwasher*
diawl(iaid)	*devil(s)*	llestri	

Roedd Mrs Carter wrth ei bodd yn yr ystafell fyw. 'O, mae'r lle tân yn bert iawn, Brian, on'd yw e?'

'Ble basen ni'n rhoi'r teledu plasma?' gofynnodd Brian. O diar, meddyliodd Llio.

Dydd Mercher

Roedd hi'n bwrw glaw. Glaw trwm, oer. Doedd neb yn y dre, bron. Ffoniodd dau o bobl i ganslo apwyntiadau.

Cafodd Llio baned, wedyn aeth hi i Lôn yr Ysgol i ddangos tŷ Mr James. Roedd y cleient, Siân Powell, yn aros y tu allan yn ei char.

Fel arfer roedd Mr James allan yn ystod y dydd. Cnociodd Llio i wneud yn siŵr, wedyn agorodd y drws. Roedd popeth yn iawn i ddechrau. Wedyn aethon nhw lan y grisiau i'r landin. Yn sydyn agorodd drws yr ystafell ymolchi.

'O!'sgrechiodd Siân Powell.

Mae hi fel yn y ffilm *Notting Hill*, meddyliodd Llio, pan mae Julia Roberts yn cwrdd â Rhys Ifans yn ei bants, yn nhŷ Hugh Grant. Ond doedd Mr James ddim yn gwisgo pants, chwaith. A dim Rhys Ifans oedd e!

'Ro'n i'n meddwl bod chi allan!' dwedodd hi.

'Dim gwaith heddiw,' atebodd Mr James. 'Ond cariwch ymlaen. Peidiwch â phoeni amdana i.'

'Mae'n flin iawn, iawn gyda fi!' galwodd Llio ar ôl Ms Powell, oedd yn brysio lawr y grisiau.

Dydd Iau

Roedd Meic yn hapus iawn. Roedd e wedi cael comisiwn am werthu tai ym mis Tachwedd.

'Jyst mewn pryd!' meddai. ''Dyn ni'n mynd i Sbaen dros y Nadolig.'

| brysio | *to hurry* | | mewn pryd | *in time* |

'Sut mae'r tywydd yno ar hyn o bryd?' gofynnodd Llio.
'Braf iawn.'

Y boi lwcus! meddyliodd hi. Roedd hi'n bwrw glaw eto.

Amser coffi daeth Megan Prys i mewn. Heddiw roedd hi'n gwisgo côt law ddu, fawr, gyda hwd.

'Bois bach, mae hi'n edrych fel gwrach!' sibrydodd Meic.

'Mae'n pistyllio glaw!' dwedodd Megan, yn tynnu a siglo'i chôt wlyb.

'Byddwch yn ofalus!' Symudodd Brychan y papurau ar ei ddesg.

'Pryd dw i'n gallu gweld Plas Heulog, Brychan?' gofynnodd Megan.

'Sorri, does dim amser gyda fi i siarad, Megan,' atebodd e. 'Dw i'n brysur iawn. Siaradwch â Llio.' (Roedd Brychan mewn hwyliau drwg heddiw, meddyliodd Llio. Doedd y bancwyr o Lundain ddim wedi ffonio am Blas Heulog. Bob tro roedd Brychan wedi ceisio eu ffonio nhw ro'n nhw 'mewn cyfarfod'.)

Pwyntiodd Megan at lun ar y wal. 'Duw, Duw, dych chi'n gofyn ffortiwn am y fflatiau 'na yn yr hen seilam!'

'Seilam? Beth, Bryntirion?' gofynnodd Llio.

'Ie. Yr hen ysbyty meddwl oedd e. Roedd pobl yn ofni Bryntirion, yn fy amser i. Ac nawr mae pobl eisiau talu crocbris i fyw yno!'

'Fflatiau hyfryd ydyn nhw,' meddai Meic.

'Wel faswn i ddim yn byw yno tasech chi'n talu i fi!'

---

gwrach	*a witch*	mewn hwyliau drwg	*in a bad mood*
sibrwd	*whisper*		
pistyllio glaw	*pouring with rain*	ysbyty meddwl	*mental hospital*
tynnu	*to take off, pull*	ofn	*fear*
siglo	*to shake*	talu crocbris	*to pay a fortune*

Roedd hi'n ddiflas yn y swyddfa drwy'r dydd, wedyn. Gobeithio bydd hi'n well yfory! meddyliodd Llio wrth yrru adre yn y glaw.

Dydd Gwener

Mae pethau'n mynd o ddrwg i waeth! meddyliodd Llio. Roedd Caryl Jones newydd ffonio gyda newyddion drwg.

'Mae'r banc wedi dweud "Na" am ein morgais.' Dechreuodd hi grio.

O na! 'Peidiwch poeni,' meddai Llio. 'Fe dria i eich helpu.'

Tasai Caryl a Rhys Jones ddim yn prynu'r tŷ yn Stryd yr Eglwys, fasai Mrs James ddim yn gallu prynu ei byngalo hi, a Mr a Mrs Thomas yn methu prynu'u fflat newydd nhw … Basai hi fel dominos yn cwympo. Galla i ddweud 'Ta ta' wrth fy monws Nadolig! meddyliodd Llio.

Dydd Sadwrn

Fore Sadwrn daeth yr haul allan. Roedd y dre'n brysur, a'r Clwb Rotari'n canu carolau yn y Sgwâr. Aeth Llio i'r swyddfa'n hymian 'Dawel Nos'.

Doedd Brychan ddim yn gweithio heddiw, ac roedd Meic ar y ffôn pan agorodd y drws a daeth Geraint Watkins i mewn. O na! Roedd e'n dod i'r swyddfa bob dydd Sadwrn i gwyno.

'Pam dych chi ddim wedi gwerthu fy nhŷ eto?' arthiodd e. 'Mae dros ugain o bobl wedi dod i weld y lle. Dw i wedi cael llond bol!'

Dyma ble mae ffotos ar-lein yn broblem, meddyliodd Llio. Roedd y tŷ'n *edrych* yn iawn. Yn ffit i bobl fyw ynddo

---

mynd o ddrwg i waeth	*to go from bad to worse*
cael llond bol	*to have enough, a guts full*

147

fe. Yr arogl oedd y broblem. Y tri Alsatian oedd byth, byth yn cael bath, yn sicr. A'r mwg. Rhaid bod Mr Watkins yn smocio fel simne a byth yn agor ffenest.

'Wel, Mr Watkins …' dechreuodd hi.

'Paid dweud dim am fy Alsatians!' meddai e. 'Mae'r cŵn 'na fel teulu i fi.'

Yna agorodd y drws eto.

'Bore da, Llio!' dwedodd Megan. 'Mae'n braf iawn heddiw! Beth am fynd â fi i weld Plas Heulog?'

'Syniad da, Megan.' Stwffio Geraint Watkins! Aeth Llio at ddrôr Brychan i gael yr allwedd. 'Sorri Mr Watkins, mae apwyntiad gyda fi i ddangos tŷ i Mrs Prys.'

'Dw i'n mynd i newid asiantaeth tai!' galwodd y dyn, wrth iddyn nhw fynd allan.

Ar y ffordd i Plas Heulog aethon nhw heibio i Fryntirion, yr hen ysbyty meddwl.

'Mae ysbrydion yno,' dwedodd Megan.

'Ysbrydion!' chwarddodd Llio.

'Siŵr iawn. Mae miloedd o bobl druan wedi byw yn y seilam dros y blynyddoedd. Ac marw yno.'

'Miloedd, wir?'

'Ie. Ond does dim cerrig beddau yno. Dim byd i ddweud pwy o'n nhw. Mae pawb eisiau anghofio amdanyn nhw. Fflatiau crand, wir!'

'O'ch chi'n nabod rhywun yn yr ysbyty?' O diar, falle ddylwn i ddim gofyn, meddyliodd Llio wedyn.

'O'n. Fi.'

'O.'

arogl	a smell	cerrig beddau	gravestones
asiantaeth tai	estate agency	i fod i	supposed to
ysbryd(ion)	ghost(s)	amser maith yn ôl	a long time ago

'Es i yno'n ferch ifanc. Ro'n i'n rebel. Dim merch neis-neis, yn gwneud beth roedd merched i fod i'w wneud.'

'Mae'n ddrwg 'da fi, Megan.'

'Wel, amser maith yn ôl oedd e. Ond dw i'n dal i gofio rhai o'r bobl yno. Pobl hyfryd. Ro'n nhw'n gallach na'r blincin doctoriaid, llawer ohonyn nhw!'

Roedd Llio'n teimlo'n drist erbyn hyn. Ond cawson nhw hwyl wedyn ym Mhlas Heulog, yn cerdded o gwmpas y tŷ'n esgus bod yn bobl grand ac yn siarad yn posh.

'Beth hoffech chi weld nesa, Ledi Megan?' gofynnodd Llio.

'Y llyfrgell, dw i'n credu. Ac yna'r *ballroom*.'

Ar y ffordd yn ôl i'r dre wedyn gofynnodd Llio beth fasai Megan yn wneud am y Nadolig.

'Efallai prynu'r tŷ 'na fel anrheg Nadolig i fi fy hun!' atebodd hi.

'Mm,' cytunodd Llio. 'Basai hynny'n hyfryd, yn byddai?'

Dydd Llun

Pan gyrhaeddodd Brychan y gwaith roedd e'n cario bag siopa trwm.

'Gwelais i ddydd Sadwrn fod Barlows yn rhoi gwin a mins peis i bawb sy'n mynd i'w swyddfa nhw, y basdads!' meddai.

'Rwyt ti'n llawn hwyl y Nadolig heddiw, Brychan!' chwarddodd Meic.

'Wel, nhw a'u tactegau brwnt!' Asiantaeth dai newydd oedd Barlows, ond roedd hi'n cael llawer o fusnes yn barod. 'Comisiwn o hanner y cant, wir! Sut dyn ni'n gallu cystadlu â hynny?' meddai.

| dal i gofio | *still remember* | esgus | *to pretend* |
| call; callach | *sane, saner* | | |

'Beth sy yn y bag, 'te?' gofynnodd Llio.

'Gwin, sieri a brandi.' Rhoddodd Brychan y poteli ar y ddesg. 'Mins peis, teisen Nadolig, siocledi – rhai posh. Mae'n siŵr fod stwff Barlows yn dod o Poundlovers!'

'Mm, hyfryd!' sylwodd Meic, gan gymryd mins pei a'i roi yn ei geg.

'I'r cleintiaid maen nhw, dim i ni!'

Rhoddodd Llio arwydd yn y ffenest yn dweud: 'Nadolig Llawen gan staff Tai Teidi. Dewch i mewn am ddiod a mins pei gyda ni!'

Ond ddaeth neb i mewn. Chanodd y ffôn ddim, chwaith. Roedd hi'n dawel ac yn ddiflas yn y swyddfa.

Wedyn am chwarter wedi un ar ddeg, daeth Megan Prys i'r swyddfa.

'Nadolig Llawen, bawb!' galwodd hi. 'Reit, dyna ti, Llio,' meddai hi wedyn, yn rhoi darn o bapur ar y ddesg.

Siec oedd e. Siec Cymdeithas Adeiladu Cymru i Tai Teidi, am filiwn a hanner o bunnau.

'Gobeithio bod hyn yn iawn?' gofynnodd Megan. 'Dw i ddim wedi prynu tŷ o'r blaen.'

Edrychodd Llio ar y siec mewn sioc. 'Wel, ym, iawn, ond ...' trodd hi at Brychan. 'Oes munud 'da ti, Brychan?'

'Beth sy'n bod?'

'Dw i ... wel, dw i ddim yn siŵr beth i'w wneud ...'

'Oes problem?'

'Wel, nac oes, dim problem. Ond mae siec fawr yma. Fawr iawn.'

'Siec am beth?' holodd Brychan.

'Plas Heulog!' dwedodd Megan. 'Aeth Llio â fi i weld y tŷ ddydd Sadwrn.'

---

cymdeithas adeiladu *building society*

'Sorri, Brychan, ond do't ti ddim yma,' dwedodd Llio.

'Dych chi ddim wedi gwerthu'r Plas i'r bancwyr ofnadwy 'na, dych chi?' gofynnodd Megan.

'Nac ydyn …'

'Wel, dyna chi, 'te. Miliwn a hanner o bunnau.'

'Beth? Ond …' meddai Brychan.

'Ces i'r arian flynyddoedd yn ôl, ar ôl i fy Wncl Arwel farw. Roedd e'n dipyn o gymeriad, fel fi. Do'n i ddim yn gwybod beth i'w wneud â'r arian, a dweud y gwir. Wedyn gwelais i Blas Heulog, a meddyliais i, "Perffaith!"'

Daeth Brychan i edrych ar y siec. Roedd ei wyneb yn bictiwr.

'Iawn?' gofynnodd Megan.

'Ymm, ie, iawn …'

---

wyneb   *face*

Gwlad y Gân

Cân yr afon
yn rhedeg dros y creigiau,
cân yr adar
yn galw yn y coed,
cân y glaw
yn dawnsio ar y llechi,
cân y defaid
ar y mynydd llwyd.

Cân y môr
yn torri ar y tywod,
cân y storm
yn sgubo dros y bae,
cân y cychod
fel clychau yn yr harbwr,
cân yr wylan
yn crio ar y cei.

Cân y côr
yn ymarfer yn yr ysgol,
cân y delyn
yn felys yn y tŷ,
cân y bardd
ar lwyfan yr eisteddfod,

Gwlad y Gân	*'The Land of Song'*	cychod	*boats*
	(i.e. Cymru)	clychau	*bells*
creigiau	*rocks*	(g)wylan	*seagull*
llechi	*slates*	y delyn	*the harp*
tywod	*sand*	melys	*sweet*
yn sgubo	*sweeping*	llwyfan	*stage*

cân y bandiau
yn brwydro yn y dre.

Cân y dorf
yn dathlu yn y stadiwm,
cân y plant
yn chwarae yn yr iard,
cân y lleisiau
yn siarad iaith y nefoedd,
cân fy nghalon
yma yn fy ngwlad.

---

brwydro	to battle	y dorf	the crowd
('Brwydr y	an annual	lleisiau	voices
Bandiau'	'Battle of the	iaith y nefoedd	the language of
	Bands')		heaven

Geirfa

a dweud y gwir	*to tell the truth, to be honest*
achub	*to save*
adeiladu	*to build*
aderyn / adar	*bird / birds*
adloniant	*entertainment*
adran	*department*
ailgylchu	*recycle*
am ddim	*free, for nothing*
am oes	*forever*
Amgueddfa Lechi Cymru	*Welsh Slate Museum*
anfon	*to send*
angen	*need*
anghenfil	*monster*
annwyl	*dear*
anodd	*difficult*
anwesu	*to stroke*
ar dân	*on fire*
ar fwrdd	*on board*
ar goll	*lost*
ar hyn o bryd	*at the moment*
ar lan y llyn	*on the lake shore*
ar-lein	*on-line*
arbennig	*special*
archwilio	*to investigate*
arthio	*to bark, growl*
arwain	*to lead*
asgwrn / esgyrn	*bones / bones*
asiant tai	*estate agent*
astudio	*to study*
aur	*gold*
awgrymu	*to suggest*
awyr	*sky*
awyr iach	*fresh air*
awyren	*aeroplane*
bai	*fault, blame*
baner(i)	*flag(s)*
bant â fi	*off I go*
bant â ni	*off we go*
barcud coch	*red kite*
bardd	*poet*
barddoniaeth	*poetry*

Bedyddwyr	*Baptists*
beirniaid	*judges*
berwi	*to boil*
beth am...?	*what about?*
beth bynnag	*whatever*
beth sy'n digwydd	*what's happening*
Bobl bach!	*similar to Blimey! or Blinking heck!*
boch	*cheek*
bois bach!	*'goodness!' or 'blinking heck'!*
brenin	*king*
brifo	*to hurt*
brodwaith	*embroidery*
broga(od)	*frog(s)*
brwd	*enthusiastic*
brwydro	*to battle ('Brwydr y Bandiau' – an annual 'Battle of the Bands')*
brysio	*to hurry*
Brysia!	*Hurry up!*
busnesa	*to nose about*
bwrw	*to hit, strike*
byd	*world*
bylchau	*gaps*
bys	*finger*
byth	*never, ever*
byw mewn gobaith	*live in hope*
bywyd	*life*
bywyd gwyllt	*wildlife*
Cadeirydd	*Chair*
Dirprwy Gadeirydd	*Deputy Chair*
cadw	*to keep*
cae	*field*
cael llond bol	*to have a guts full, get fed up with*
cais	*a try*
Calon Bren	*Wooden Heart*
cân / caneuon	*song / songs*
canrif	*century*
cansen	*cane*
canu grwndi	*to purr*
Cara fi'n Dyner	*Love Me Tender*
caregog	*rocky*
cartref(i)	*home(s)*
casglu	*to collect*
cau	*to close*
cau dy geg!	*shut your mouth!*

cawod(ydd)	*shower(s)*
cegin (y gegin)	*kitchen*
ceisio	*to try*
celf	*art*
crefft(au)	*craft(s)*
cer o 'ma!	*Go away! Get out of here!*
cerdd	*poem*
cerddorfa	*orchestra*
cerddoriaeth	*music*
crac	*angry*
chwarddodd	*laughed*
chwerthin	*to laugh*
chwiban	*whistle*
chwibaniad	*whistle*
chwilio am	*to look or search for*
chwyn	*weeds*
chwyrnu	*to snore*
chwythu	*to blow*
cist (car)	*boot (of car)*
cloch	*a bell; clychau bells*
clocsio	*clog dancing*
clyfar	*clever*
clymu	*to tie*
Clywch, clywch!	*Hear, hear!*
cnoi	*to bite, chew*
codi	*to get up; to lift, raise*
codi arian	*to raise money*
Coroni'r Bardd	*the Crowning of the Bard*
corrach (corachod) gardd	*garden gnome(s)*
crafangau	*claws*
crafu	*to scratch*
cragen/cregyn	*shell/shells*
cranc(od)	*crab(s)*
crancod meddal	*hermit crabs*
crawcian	*croaking*
creadur	*creature*
creigiau	*rocks*
croes(au)	*cross(es)*
croesfan(nau) sebra	*zebra crossing(s)*
crwydro	*to wander*
cuddio	*to hide*
curo	*to beat*
cwch	*boat*
cychod	*boats*

cwympo	*to fall*
cydweithio	*to cooperate, work together*
cyfan	*whole, all*
cyfarfod	*meeting*
cyfoethog	*rich*
cyfweliad	*interview*
cyfforddus	*comfortable*
cyffro	*excitement*
cyffro mawr i gyd	*all excited*
cyngerdd	*concert*
cyngor	*council*
cynghorydd	*councillor*
cymdeithas	*society*
cymdogion	*neighbours*
cymeriad	*character*
Cymru yn ei Blodau	*Wales in Bloom*
Cymry	*Welsh people*
cymryd	*to take*
cystadleuaeth	*competition*
cysylltu â	*to contact / connect*
cywir	*right, correct*
da chi	*for goodness sake*
dadlau	*to argue*
dal	*to catch, hold*
dal	*still*
dal i feddwl	*still think*
dal ati	*to stick at it*
damwain	*accident*
dan glo	*locked*
dan y sêr	*under the stars*
dangos	*to show*
dathlu	*to celebrate*
dawnsio gwerin	*folk dancing*
deallus	*intelligent*
dechrau	*to start, begin*
defaid	*sheep*
dere!	*come!* (ti)
dewch!	*come! (chi)*
diawl(iaid)	*devil(s)*
dibyn	*edge, precipice*
dibynnu ar	*to depend on*
diflannu	*to disappear*
digartre	*homeless*
digwydd	*to happen*

Beth sy'n digwydd?	*What's happening?*
dihuno	*to wake up*
dillad	*clothes*
dilyn	*to follow*
dim byd	*nothing*
dinistrio	*to destroy*
disgwyl	*to expect*
does dim ots	*it doesn't matter*
draig	*dragon*
dros y byd	*all over the world*
drwg	*bad*
drws	*door*
drysu	*to be confused*
dryslyd	*confused*
Duw	*God*
Duw annwyl!	*Dear God!*
Duwcs!	*similar to Goodness!*
dwfn	*deep*
dwl	*stupid, dull*
dwlu ar	*to be crazy about*
dwylo	*hands*
dychmygol	*imaginary*
dyddiadur	*dictionary*
dyma fi	*here's me, here I am*
dyna ti	*there you are*
e-bostio	*to e-mail*
eco-gyfeillgar	*eco-friendly*
edrych am	*to look for*
egni	*energy*
eisiau	*to want*
eisiau i bobl weld	*want people to see*
eistedd	*to sit*
eisteddwch	*sit down*
enfawr	*enormous*
ennill arian	*to earn, make or win money*
enwog	*famous*
er enghraifft	*for example*
eraill	*other (plural)*
esbonio	*to explain*
fydda i byth	*I will never*
ffa dringo	*runner beans*
ffrae(on)	*row(s), argument(s)*
ffrog briodas	*wedding dress*
ffurfio	*to form*

ffwrn (ffyrnau) cols	*coke oven(s)*
gair / geiriau	*word / words*
galwad	*a call*
geiriadur	*dictionary*
gerddi	*gardens*
glân	*clean*
glanio	*to land*
glin(iau)	*lap(s)*
glowr	*miner*
go iawn	*real*
gobaith	*hope*
gollwng	*to drop*
grisiau	*stairs*
grŵp o sêr	*constellation*
gwahaniaeth	*a difference*
gwaith dur	*steelworks*
gwallgof	*mad, crazy*
gwallt	*hair*
gwasanaeth	*service*
gwasgod	*waistcoat*
gwastraffu	*to waste*
gwddw	*neck, throat*
gweddïo dros	*to pray for*
gweiddi	*to shout*
gweld	*to see*
gwella	*to improve*
gwenu	*to smile*
gwenyn	*bees*
gwerthu	*to sell*
gwers	*lesson*
gwesty	*hotel*
gwir	*true*
gwisg(oedd)	*robe(s)*
Gwlad y Gân	*'The Land of Song' (h.y. Cymru)*
gwn	*gun*
gwobr	*reward, prize*
gwrach	*witch*
gwres	*heating*
gwrthrych	*an object*
gwthio	*to push*
gŵydd	*goose*
gwyddoniaeth	*science*
gwydraid o	*a glass of*
gŵyl	*festival*

gwylan	*seagull*
gwyllt, yn wyllt	*wild, wildly*
hadau	*seeds*
hanes	*history, story*
hedd	*peace*
heibio	*past*
hel llwch	*to dust*
hela	*to hunt*
hen	*old*
henoed	*elderly people*
herwgipio	*to kidnap, take hostage*
hoff o	*fond of*
hunlun	*selfie*
hwyl	*fun*
hwyr	*late*
hwnnw	*that one (masculine)*
hyfforddi	*to train*
hyn	*this*
hysbyseb	*advertisement*
i gael	*to be had, available*
i gyd	*all*
iaith / ieithoedd	*language / languages*
iaith y nefoedd	*the language of heaven*
ieir	*hens*
ieithydd	*linguist*
Iesu Grist	*Jesus Christ*
Jiw Jiw!	*Goodness me!*
lan llofft	*upstairs*
lapio	*to wrap*
lawr	*down*
lawr llawr	*downstairs*
llaeth cyflawn	*full-cream milk*
llais (lleisiau)	*voice(s)*
llaw	*hand*
llawn	*full (of)*
llawr	*floor, ground*
llechi	*slates*
llenwi	*to fill*
llinellau dwbl	*double lines*
lliwgar	*colourful*
lliwio	*to colour*
lloeren	*satellite*
llofrudd(ion)	*murderer(s)*
llosgi	*to burn*

llun(iau)	*picture(s)*
llwch	*dust*
llwyddo	*to succeed*
llwyfan	*stage*
llwynni	*shrubs*
llym	*strict, stern*
Hen Wlad Fy Nhadau	*Old Land of My Fathers*
maes awyr	*airport*
Maes D / Maes y Dysgwyr	*The Learners' Tent*
malwod	*snails*
meddwl	*to think*
melys	*sweet*
Merched y Wawr	*Women of the Dawn - Welsh-language equivalent to Women's Institute*
methu	*to be unable to*
mewian	*to miaow*
mewn hwyliau da	*in good spirits*
mewn poen	*in pain*
mewn pryd	*in time*
mewn trafferth	*in trouble*
modrwy	*ring*
morfil	*whale*
mwdlyd	*muddy*
mwg	*smoke*
mwynhau	*to enjoy*
mynedfa	*entrance, way in*
nawddsant	*patron saint*
neidio	*to jump*
neidr	*snake*
newid	*to change*
neuadd	*a hall*
newyddiadurwr (newyddiadurwyr)	*reporter(s), journalist(s)*
niwlog	*foggy, misty*
O bydded i'r heniaith parhau	*O may the old language (i.e. Welsh) endure*
o flaen	*in front of*
oergell	*fridge*
ofni	*to fear*
offeryn	*instrument*
os ca i ddweud	*if I may say so*
pabell (pebyll)	*tents (tents)*
palmant	*pavement*
palu	*to dig*

pam ddwedoch chi ddim?	*why didn't you say?*
pastai (pasteiod)	*pasty (pasties)*
pawen	*paw*
peiriant (peiriannau)	*machine(s)*
pell	*far*
penderfynu	*to decide*
penglog	*skull*
peniog	*brainy*
personaliaeth	*personality*
perygl	*danger*
peryglus	*dangerous*
peth(au)	*thing(s)*
pice bach	*Welshcakes*
pilipalod	*butterflies*
planhigion	*plants*
plannu	*to plant*
poeri	*to spit*
popeth yn iawn	*okay, fine; everything's okay*
popty ping	*microwave*
potelaid o	*a bottle of*
pren	*wood*
prifysgol	*university*
priodas	*wedding*
proffil	*profile*
profiad	*experience*
prawf (profion)	*test(s)*
pwll glo	*coalpit*
pwyllgor	*a committee*
ro'n i'n arfer	*I used to*
rhai	*some*
rhamantus	*romantic*
rhannu	*to share*
rhesymol	*reasonable*
rhifo	*to count*
rhuthro	*to rush*
rhy	*too*
rhywbeth	*something*
rhywun	*someone*
samwn	*salmon*
sboncen	*squash (the game)*
sebonllyd	*smarmy*
serth	*steep*
sgerbwd	*skeleton*
sgleinio	*to polish*

sgleiniog	*shiny*
sgrechian	*to scream, screech*
sgwrs	*a chat, conversation*
siafio	*to shave*
sialens	*a challenge*
siâp-roced	*rocket-shaped*
siapo	*to shape up*
sibrwd	*to whisper*
siglen	*a swing*
sillafu	*to spell*
simneiwr	*steeplejack*
siŵr o fod	*probably*
smotyn	*a spot*
stondin	*a stall, stand*
stordy	*store room*
swil	*shy*
swllt (sylltau)	*shilling(s)*
sŵn (synau)	*sound(s)*
swnllyd	*noisy*
sws	*a kiss*
sylweddoli	*to realise*
symud	*to move*
syniad	*idea*
taclus	*tidy*
tai	*houses*
tamaid bach	*a little something, a morsel*
taranau	*thunder*
taro	*to hit, strike*
tebyg	*similar*
teg	*fair*
chwarae teg	*fair play*
tegell	*kettle*
teimlo	*to feel*
tipyn bach	*a little bit*
tiriogaeth	*territory*
titw tomos las	*bluetit*
tlawd	*poor*
tocio	*to prune*
tocyn wythnos	*ticket for the whole week*
torf	*crowd*
torri	*to break (or cut)*
toriadau	*cuttings*
trafod	*to discuss*
trefnu	*to organise, arrange*

treialon cŵn defaid	*sheepdog trials*
treth Cyngor	*Council tax*
troi	*to turn*
trydan	*electricity*
trysorydd	*treasurer*
twt lol!	*utter nonsense!*
twyllo	*to cheat*
tybed?	*I wonder?, perhaps*
tyfu	*to grow*
tylwyth teg	*fairies*
tynnu	*to pull*
tynnu lluniau	*to take photos / draw pictures*
tystysgrif	*certificate*
tywod	*sand*
tywyll	*dark*
Uned Difa Bomiau	*Bomb Disposal Unit*
unig	*lonely*
wedi meddwi	*drunk*
wedi pwdu	*sulking*
wedi'r cyfan	*after all*
wedi'u cerfio	*carved*
wfftio	*to scoff at*
wrth lwc	*luckily*
wyneb	*face*
y Babell Lên	*the Literature Tent*
y byd	*the world*
y Ddraig Goch	*the Red Dragon*
y delyn	*the harp*
y dorf	*the crowd*
y ffordd iawn	*the right way*
y gofgolofn rhyfel	*the war memorial*
y gofod	*space*
y Maes	*the Eisteddfod field*
y Wasg	*the Press*
ymarfer	*to practise*
ymddangos	*to appear*
ymladd	*to fight*
ymlaen â ti, 'te!	*get on with it, then!*
ymuno â	*to join*
ymwelydd iechyd	*health visitor*
yn erbyn	*against*
yn fyw	*alive*
yn mynd fel slecs	*going like hot cakes*
sgubo	*to sweep*

yn syth	*straight away*
yn union	*exactly*
yn y diwedd	*in the end, finally*
yn yr awyr agored	*outdoors, in the open air*
yn ystod	*during*
anialwch	*desert*
yr holl beth	*the whole thing*
hwyl a sbri	*fun*
ysgrifen	*writing*
ystafell wely	*bedroom*
yswiriant	*insurance*